俺は義妹
嘘をつく
～血の繋がらない
妹を俺が引き取る
ことにした～
2
［著］城野白
［画］Aちき

CONTENTS

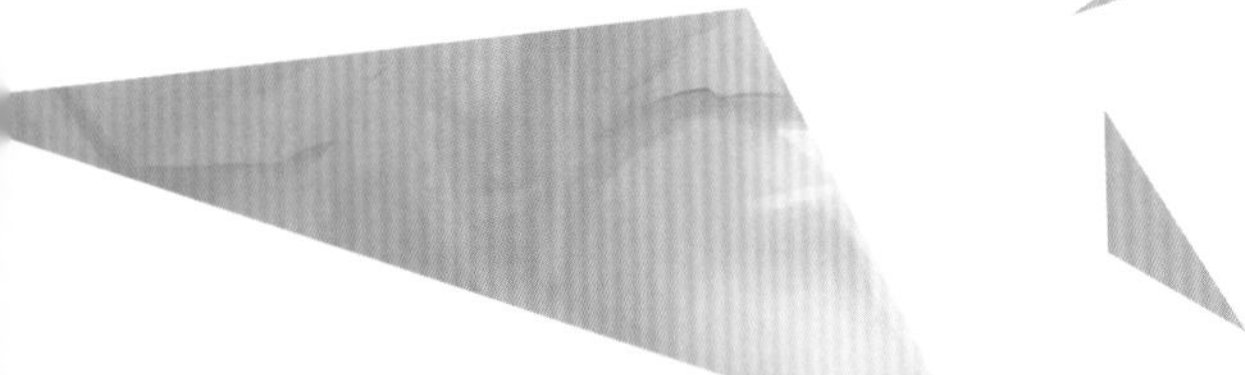

「動けないなら、膝枕で寝る？」
「……」
まさかくると思わなかった
悠羽の思考が、止まる。
膝の上で六郎が、
安心しきった顔で眠っている。
「あ、あわわ……」
全身が熱くなって、
慌ててきょろきょろするが
頭がまともに回らない。
助けを求めたかったが、
この状態を見られたら
なんと説明すればいいかわからない。
「ま、まだ心の準備、できてないよ……！」

三条悠羽
加苅美涼
新田圭次
荒川奈子
大高利一
三条六郎

ダッシュエックス文庫

俺は義妹に嘘をつく2

~血の繋がらない妹を俺が引き取ることにした~

城野 白

プロローグ　嘘つきと蛇の物語

――昔あるところに、一組の男女がいた。

男のほうは平凡な農夫の長男で、女のほうは村長の娘であった。

彼らはお互いに愛し合っていたが、村長は婿《むこ》を隣村から連れてくる予定であった。

身分の違いを自覚した男はある日、女に嘘《うそ》をついた。

「私は近々、隣村の女性と結婚することになった」

それだけ言い残して、彼は村から姿を消した。

女は裏切られたと思い、激しく怒り、憎《にく》み、妬《ねた》んだ。やがて彼女の姿は、醜《みにく》い蛇《へび》となった。

蛇は村人たちを襲《おそ》い、取り押さえられた挙げ句に洞窟《どうくつ》へと幽閉《ゆうへい》された。

しばらくして、噂《うわさ》を聞いた男は村に戻ってきた。一連の話を聞くと、男は女の閉じ込められた洞窟へ向かった。

男は「愛している」と言った。蛇になった女は「信じない」と言った。

男はそこに座り込むと、翌日も「愛している」と言った。女は「信じない」と言った。

日が沈み、日が昇り、草花が枯れ、咲き誇り、何年も何年も、男は愛を口にし続けた。
十年目の春に、女は言った。「愛している」と。
途端《とたん》に彼女の体から鱗《うろこ》が剝《は》がれ、元の美しい姿へと戻っていった。
村長は男を認め、正式に彼を次の村長にすると宣言した。
二人は晴れて夫婦となり、末永《すえなが》く幸せに暮らしたという――

「くだらねえ」

第1話　本当は私が

「ただいまー！」

その日、悠羽《ゆうは》は正午を少し過ぎた頃に帰宅した。

七月も後半に入ってしばらく経《た》ち、無事に終業式を迎えられることになったのである。

期末テストの結果は上々。赤点を回避することはもちろん、なんとか平均近くに食らいつくことができたのである。不登校だったとは思えない結果に、熊谷《くまがい》先生は「やはり兄妹だな」と頷《うなず》いていた。

わからない部分はすぐに質問し、授業にも積極的に参加した。教師の間でも悠羽の家庭事情は共有され、「それならば仕方がない」という空気感にすることができた。

夏休みから、アルバイト解禁である。

事情があれば許されるとはいえ、応援されるのとされないのとでは心持ちが変わってくる。

悠羽を指導した先生たちは、「三条《さんじょう》なら両立できるって信じてるぞ」と背中を押してくれた。

その嬉《うれ》しい報告もあって、下校中にはずっと鼻歌を歌い、今日の晩ご飯は少し豪華《ごうか》にしようと計画して——元気よく帰宅したのである。

　そんな彼女のハイテンションとは真逆に、リビングで腕組みしている六郎《ろくろう》のテンションは低い。眉間《みけん》に手を当てて、パソコンを穴が開くほど見つめている。

「ああ……おかえり」

　悠羽が帰ってきたのに気がついても、目だけで確認して椅子《いす》から動かない。いつもは、とりあえず立ち上がりはするのだけれど。

「六郎六郎六郎！」

「おうおうおう、どうした」

　だが、今日の悠羽はハイテンションだ。六郎がどんな反応をしようが、この喜びをぶつけるまでは止まらない。困惑《こんわく》した青年にずいずい近づいて、とびっきりのニュースを伝える。

「アルバイトしていいって正式に決まったの！」

「……そんなに嬉しいか？」

「嬉しい！　嬉しすぎ！　お祝いしてもいい!?」

　テーブルに手をつき、ぴょんぴょん跳《は》ねながら全身で喜びを表現する悠羽に、六郎は気圧《けお》されて体重を背もたれにかける。その状態でしばらく悠羽を眺《なが》め、表情をやわらげる。他の人には見せることのない、力の抜けた微笑《ほほえ》み。

「まあ、頑張ってたもんな。じゃあ今夜は外食でも行くか」

「いいの⁉」

「たまにはいいだろ。つっても、大したとこには行けないけど」

「やった！　じゃあ、可愛《かわい》い服に着替えないと」

「ただのファミレスだぞ」

「いいの！」

首を傾《かし》げる六郎をよそに、悠羽は部屋に戻ってお気に入りの服を手に取る。

白無地のTシャツに、グレーのワイドパンツ。肩からバッグを掛ければ、デートにでも行けそうな格好《かっこう》である。夏はやっぱり、シンプルな方が映《は》える。リビングに戻って、六郎の前に立つと、服を体に当てる。

「どう？　どう？」

「どうって……見たことあるやつじゃん」

「そうじゃなくて、今日はちょっと違うの！」

「なにが」

「気持ちが！」

「わかんねえよ」

相も変わらず女心に疎《うと》い兄に、悠羽は大げさなため息をつく。

「おい、だからモテないんだよって目をするな。言わなきゃいいって問題じゃないんだぞ」

「そういうとこばっか鋭いから、輪をかけてモテないよね」

「やめろ……っ」

割と図星だったようで、六郎は腹を押さえて呻《うめ》く。自覚はあるらしい。まあ、それも含めて彼らしいと言えばそうなのだが。

悠羽は諦《あきら》めと嬉しさが入り交じったような、曖昧《あいまい》なため息をついて服を部屋に戻した。

「昼ご飯まだ食べてないでしょ。作っていいよね」

「頼む。ちょっと今、考え事してるから」

「なに考えてるの？」

「急な依頼があってな。ったく、なんでこんなギリギリによこすんだよ……」

口調には強い疲労が滲《にじ》んでいた。いつもよりずっと、不満を言うトーンが弱々しい。

ちらっと画面をのぞき込むと、大量の画像ファイルをスクロールしているところだった。

「これも仕事なの？」

「いや……仕事っていうか、まあ報酬《ほうしゅう》が出るから仕事か」

妙に含みのある言い方をして、緩慢《かんまん》な動作でマウスを動かす。

悠羽にはまだ馴染《なじ》みがないが、パワーポイントという名前は知っていた。頭が良さそうな人がよく使う、すごそうなもの。

まだ一枚目のスライドを作成しているところで、中央に『蛇殻祭』という文字がある。

「じゃかくさい？」

「いや、『へびがらまつり』だ」

「それって、どこのお祭りなの」

「女蛇村《おなへびむら》って、山間部の小さな村でやってるやつだな」

「その女蛇村って場所と六郎って、なにか関係あるの？」

「言ってなかったっけ。俺、高校出てから最初の一年はその村にいたんだ」

「……」

ピタッと固まった悠羽を見て、そう言えば伝えていなかったっけ、と六郎は思い出す。再会してからの日々が激動だったせいで、すっかり頭から抜けていた。

青年は気まずそうに後頭部を押さえて、ぽつぽつと言葉を発する。

「別に隠してたわけじゃなくてさ。単にタイミングがなかったんだ。悪い」

「……べ、別に謝らなくていいよ。びっくりしただけだから」

「びっくりした？」

「うん。あんまり触れちゃいけないのかなって思ってたし」

「ああ……」

悠羽はそういう気の遣《つか》い方をする少女だ。後悔と反省を混ぜ込んだ吐息《といき》を、六郎は吐き出した。それから彼女に詫《わ》びるように、ゆっくりとかぶりを振った。

悠羽は数秒かけて情報を飲み込むと、湧《わ》き上がってきた問いを投げる。

「どんなことをしてたの？　その村で」

「いろいろだよ。ゲストハウスの手伝いだったり、畑の収穫だったり、町おこしの会議に出たり、頼まれたこと全般」

「楽しかった？」

「そうだな。悪くなかった」

六郎は右肘《ひじ》をついて、ぼんやりした目で答える。はぐらかすのとは違う、過去のことを自然に振り返るように。そんな顔をする六郎を、悠羽は初めて見た気がした。俄然《がぜん》興味が湧いて、少女は目を輝かせる。

「ねえ、その村について後でちゃんと聞かせてよ」

「ん……。なあ、悠羽」

「なに？」

「夏休みの予定って、どうなってる？」

「なにもないよ。皆受験で忙しいし、私もたくさんアルバイトするつもりだし」

「そっか。そうだよな」

こくこくと相づちを打つ六郎は、しばしして悠羽と目を合わせる。

「じゃあ、行くか。女蛇村」

「え」

「夏休みの間、女蛇村で住み込みで働くか。行くなら来週頭とかだけど」

「ええっ!?」

突然の申し出に、少女は何度も瞬《まばた》きを繰り返す。十数秒経って、ゆっくりと、じっくりと、恐る恐る、あまりに丁寧《ていねい》に首を縦《たて》に振った。

「……行く」

「了解。んじゃ、メール出してバス予約するかー」

なんでもないようにパソコンを操作する六郎の横で、悠羽は目をぱちぱちさせていた。その目に少しずつ光が宿って、手のひらを机の上でパタパタさせる。

そんな様子の悠羽を横目に、六郎はそっと口元を緩《ゆる》めた。

◇

それから一週間が経ち、出発の前日。無事に終業式を終えた悠羽は自由の身。バイト戦士になるぞと闘志を燃やし、『バイト初心者が気をつけるべき10のこと』みたいなサイトを漁《あさ》っている。

悠羽の気持ちは理解できる。なにをすればいいかわからない日々に、目標ができること。それがどれだけ心を前向きにさせてくれるか。

彼女にとって、いい夏になればいい。なんて思いながらのんびり準備していたら、キッチンから悲鳴が聞こえた。

「六郎！　冷蔵庫を空《から》にするの忘れてた！　今日だけじゃ使い切れないかも……」

「なにぃ⁉」

キッチンはそんな彼女に一任してしまっていた。俺にも落ち度がある。冷蔵庫を開けると、確かに今日中に使い切れる食材の量ではない。だが、それほど多いわけでもない。これくらいなら。

「どうしよう、これ全部置いてったら腐っちゃうよね。ごめんなさい、お金、無駄にしちゃって……」

「いや大丈夫だ。なにも問題ない」

スマホを取り出して、目的の人物にメールを送る。返信は光の速さで来た。やはり、持つべきものはカスの親友。


夕方になって、玄関のチャイムが鳴る。ドアを開けると、一組の男女が立っていた。

染めた茶髪に、Tシャツとハーフパンツ。大学デビューの余熱だけで三年目に突入してしまった悲しきモンスター、新田圭次《にったけいじ》。

そして対《つい》を成《な》すように、清純なオーラを放つ美女。ベージュのロングスカートにブラウスというひたすら硬派な出《い》で立《た》ちの、荒川奈子《あらかわなこ》さん。神様がサイコロを振り間違えたせいで、圭次の彼女をやらされている。

何度見ても首を傾げたくなるカップルだが、別れられると困るくらいには助けてもらっている。ひどいジレンマだ。俺は圭次の幸福など望んじゃいないのに、圭次の幸福が俺を助けている。

せめて俺がエチエチお姉さんと付き合うことで、圭次の心を折ってやれればいいのだが。悠羽と暮らしている以上、そういうわけにもいかない。

「急に悪いな二人とも。俺がだらしないせいで、今日の晩飯《ばんめし》が豪勢になっちまった」

「おうおういいってことよ！　それより、悠羽ちゃんの手料理が食えるってマジか？」

声だけなら友人のために労をいとわないナイスガイだが、中身をよく聞くとただの変態だ。

それを聞いた奈子さんは、直立不動のまま微笑んでいる。

「……お前はよく彼女の前でそんながっつけるな」

「ち、違うんだ奈子ちゃん！　これは浮気とかそういう意味ではなく……」

「ふふっ、圭次さん」

「名前だけ呼ぶのやめて！　俺が悪かったから！」

勢いよく頭を下げる圭次。そこにプライドはない。

そして奈子さんは、「ふふふ」と微笑んだまま圭次を見下ろしている。圧《あつ》がエグいって。

最初に会ったときは、男性の後ろを三歩下がって歩くような人なのかな、と思っていたが……このやり取りを見る感じ、完全に圭次が尻《しり》に敷かれているらしい。

まあそうか、この男に奈子さんを引っ張るだけのパワフルさがあるとも思えない。

「ちなみに圭次の飯は、いつから野菜室にあるかわからんほうれん草のソテーだ」

「怖いっ！」

「奈子さんは嫌いな食べ物とかないか？　アレルギーはないって圭次から聞いたけど」

「私、嫌いな食べ物はシュールストレミングしかないんです」

「あれ食べたことあるんだ……」

ふんわり笑っているのに、底知れないものを感じる。これに惚《ほ》れてしまったら、確かに圭次のようになってしまうのかもしれない。少なくとも俺には、奈子さん相手に主導権を握れるビジョンは見えない。

二人をリビングに通す。足りない椅子は、俺と悠羽の部屋から持ってきた。

奈子さんは悠羽と、

「最近は料理のほう、どうですか？」

「だいぶ慣れてきました」

「よかったです。待っているのも落ち着かないので、手伝わせてもらってもいいですか」

「助かります。盛り付けをお願いしてもいいですか」

みたいな和《なご》やかな会話をしている。

カウンターを挟《はさ》んで、そのすぐ隣にあるリビングで俺と圭次は、

「サブは悠羽ちゃんと旅行だろ……。いいなぁ、俺も奈子ちゃんと旅行してえなぁ」

「旅行じゃねえ。仕事だ」

「どっか行ったら旅行なんだよ」

「だったら、お前も住み込みで働けばいいじゃん。リゾートバイトなんていくらでもあるだろ」

「居酒屋のシフトもう組んじまったんだよ」

「いい気味だ……間違えた。ドンマイ」

「しっかり言った後に訂正《ていせい》してもおせえ！」

「落ち着けよ圭次。俺は『いい気味だ』と言っただけで『いい気味だな』とは言っていない」

「100パーセント同じ意味だ！」

などと無価値な会話を繰り広げる。きっと俺たちは未来永劫《えいごう》、なんの生産性もない会話を続けるのだろう。なるべく早めに縁《えん》を切ったほうが、たぶん地球のためになる。

無能な男たちでしばらく談笑していると、テーブルに料理が運ばれてきた。せめて配膳《はいぜん》くら

いは、と立ち上がって準備して、四人での食事が始まった。

俺と圭次が気合いを入れたこともあって、テーブルの皿はあっという間に空《から》になっていった。

「いやぁ、悠羽ちゃんの料理がこんなに美味《うま》いなんて知らなかったよ」

「最近練習したんです。六郎と暮らすようになったから」

「かーっ、兄妹愛、見せつけてくれるねえ。サブだけはころす」

「なんでだよ」

感動してたじゃん今。俺がいなかったらこの状況もないって、こいつは理解していないのだろうか。否《いな》、理解した上で消そうとしているのか。

「最近になって気がついたんだが、やはりどんな状況になってもサブの幸せは願えん」

「それで親友名乗ってるのはどういう心理なんだよ」

「いつか来る結婚式の友人代表挨拶《あいさつ》で、すべてぶち壊すために決まっているだろう！」

「お前だけには頼まねえよ！」

もっとまともなやつにするわ。そう、俺にだってまともな友達の一人や二人……。

いやいや。まあ、これからね。これから作ればいいんだ。トモダチ……どうやって作るんだっけ。

そのやり取りを見ていた悠羽が、微笑んで言う。

「本当に二人は仲良いよね」

くすくす笑う女子二人に、俺たちはなにも言い返せなかった。

「そーいうとこ」

「「どこが！」」

◇

無事に食材問題はクリアしたが、圭次と奈子さんの帰宅後も一息つく暇《いとま》はない。荷造《にづく》りの最終チェックをして、始発バスに間に合うように早めに眠る。五時に起きて服を着替え、顔を洗って歯磨《はみが》き。家中のありとあらゆる電化製品を停止させ、荷物を持って外に出て、鍵《かぎ》を閉めたら出発だ。

一カ月という長期間だから、必然的に荷物も増える。特に女子はいろいろあるようで、悠羽のぶんは俺の二倍近くあった。これでも削《けず》ったほうだというのが恐ろしい。

予約したタクシーに乗って、駅前へ。早い時間だが、行き先が都会なのだから乗客はそれなりにいる。俺と悠羽は最後尾の座席二つで、悠羽を窓側に座らせる。

そこまで来て、ようやく一息。

目を輝かせて窓の外を見ている悠羽の隣でぐったりする一般男性、俺。スマホでこの後の乗り換えを確認して、ハードな現実に押し潰《つぶ》されそうになる。女蛇村は、ド田舎《いなか》の中のド田舎だ。

車を持っているならまだ救いはあるが、交通機関を使う場合は度重《たびかさ》なる乗り換えと、膨大《ぼうだい》な待ち時間を覚悟しなければならない。

始発バスで出発しても、向こうに着く頃には日が沈んでいるだろう。

二年前に一人で向かったときは、暇《ひま》すぎておかしくなるかと思った。今日は悠羽もいるから……悠羽もおかしくなるのだろうか。そうならないよう、頑張りたいとは思う。思うのは自由なので。

バスが動き出す。高速道路に乗る頃には、悠羽は隣で眠っていた。

イヤホンをつけて音楽を流し、俺も眠りにつくことにした。

三時間ほど揺られて、一回目の乗り換えポイントに到着。

「次のバスは二時間後な」

「…………はーい」

その頃には悠羽も、この旅の過酷《かこく》さに気がついていたらしい。諦めたような笑みを浮かべて、ただ現実を耐え忍ぶ目をしている。

バスターミナルの近くにあったカフェに入って、遅めの朝食を頼む。食べ終わった後にドリンクを一杯追加して、バスの時間まで居座ることにした。スマホをいじる悠羽は、女蛇村について調べているらしい。俺はパソコンを取り出して、依頼に取りかかる。

「女蛇村って、若い人たちが町おこししてるんだってね。最近盛り上がってるらしいよ」

「そうらしいな」

「もしかして、その人たちと知り合い？」

「狭い村だから。というか、俺が今やってる作業がちょうどそれだし」

「あっ、お祭りのやつ」

「そう。女蛇村の学生たちが出店を出せるよう、大人たちと交渉《こうしょう》するための資料を作ってる」

「どうして六郎が？」

余計なことを言いすぎたな、と首の後ろをかく。まあいいか。どうせ、着けばすぐにわかることだ。

「学生集団のリーダーが同居人だったんだよ。んで、たまに面倒事《めんどうごと》を任されてる」

眉間に手を当て、目を細める。どうしてもあいつのことを思い出すと、苦い表情になってしまう。トラウマとかではないので、誤解してほしくはないのだけど。

悠羽は腕組みをして数秒、瞬きしてこちらを見る。

「二年前も、今回と同じ人の家だったんだよね」

「そう。文月《ふづき》さんっていうお婆ちゃんの家なんだけど、夏になると孫が帰ってくるんだよ。加《か》莉《がり》美涼《みすず》っていう、うるせえやつが」

「加莉、美涼……えっ!?　女の人!?」

悠羽の驚愕《きょうがく》でグラスが揺れる。にわかにざわめく店内。傍《はた》から見れば俺たちは修羅場《しゅらば》だろうか。近くにいた店員さんにぺこっと頭を下げて、どうどう、と悠羽を静める。

「落ち着け。加茹美凉は女だが、女だと思ったことはない」

「でも女の人なんでしょ。綺麗《きれい》な人なの？」

「綺麗だとは思う。ただ性格がな……」

「悪いの？」

「いいんだよ」

窓の外を眺めてため息。

激しく揺れるポニーテールと、健康的な小麦色の肌《はだ》、底抜けに明るい大きな声。歳《とし》は俺と同じはずなのに、どこまでも純心なのが加茹美凉という女だ。

不思議そうな表情の悠羽に、深い意味はないと首を振ってみせる。

「性格がいいやつは苦手だ。大丈夫、お前は上手《うま》くやれる」

「六郎は？」

「上手く逃げる」

自分でも曖昧な表情になっているのがわかる。不思議そうな顔をする悠羽に、

「会えば五秒でわかる」

とだけ言って視線を窓の外に向けた。

◇

再びバスに乗り、都会から一気に田舎まで移動。すっかりくたくたになった俺たち。だが、まだ終わりじゃない。

「次は路線バス、一時間待ち」

「うぅっ……」

完全に心が折れた悠羽と、最初から覚悟が決まっていた俺。精神的ダメージは、正直どちらも変わらない。

日が暮れ始めて、ようやく路線バスに乗車。まったり進む車内に、乗客は俺たちとご老人しかいない。バス停の間と間があまりに長く、運転手さんに頼んで何人かはバス停もなにもない場所で降りていた。田舎あるあるなのだろう。

山道を左右に揺られて、あたりが薄暗くなってきたところでようやく目的地。降車のボタンを押したら、感動で涙が出そうになった。ドライアイじゃなかったら泣いてたね。

「着いたぞ」

「やっと着いた……」

地面に座り込んで疲労で倒れてしまいそうな悠羽。その荷物を持ってやって、畑の向こうにある一軒の家を示す。

「あそこが今日からお世話になる家な」

「あれ、向こうから誰か来てない？」

顔を上げた悠羽が、なにかに気がついて指をさす。イノシシ？　違う。それにしては背の高い影。突進してくる人影を見て、思わず俺は天を仰《あお》いだ。神はいない。

全力ダッシュの女は、俺の姿を認めるや否や、最大音量で声を発する。

「ロクくんひっさしぶり！　あたしのこと覚えてる!?　って、忘れるわけないよね。あたしって、一度会ったら忘れられないタイプらしいから。おっ、そっちにいるのが妹さん？　可愛い！　よろしくね。あたしは加茹美凉。今日から一カ月、二人と一緒にお婆ちゃんの家で暮らす人だよ！」

容赦《ようしゃ》のない潑剌《はつらつ》とした声に、ドバドバと二年前の記憶が蘇《よみがえ》ってくる。そうだ。俺は確かにこいつが苦手だったんだ。時間が経って薄れていたが、はっきりと思い出す。

耳を手で塞《ふさ》いで、拒絶の意思を示す。

「開幕からうるせえ！　お前の声は頭に響くんだよ！」

「頭だけじゃなくて、心にも響いてほしいなっ！」

「まじでうるせえ……っ」

頭を抱えて呻く俺を、悠羽は妙に納得したような顔で見ていた。

加茹美涼という女は、平たく言ってしまえば『うるせえ女』だ。

デシベルがどうとか、高さがどうとかじゃなくて、単純に言ってることがうるせえ。彼女が声をかけてきたとき、その三割近くの返答が「うるせえ」になるくらいにはうるせえ。やかましさ日本代表があったら、絶対に選抜されると思う。本気の外国人といい勝負になるくらいの声は出ているはずだ。

そんな加茹は、ポニーテールをぶるんぶるんと振り回し、

「ねえねえロククん、あたし髪の毛伸びたでしょー」

「ガチでどうでもいい」

「はぁ？　ムカつく！　くらえっ、髪の毛ビンタ！」

軽快なステップで近づいてきたかと思うと、くるっとターンして頭を振る。ポニーテールの束が、左頰《ほお》を打った。ぺちん。

――うん。

痛くねえのにめちゃくちゃイラッときた。なんだこれ。

「からの普通にビンタ！」

「くらうか」

余裕で右手をキャッチ。怒りよりも、疲労からのため息が出た。

「おい……頼むから家に連れてってくれ。もう疲れて倒れそうなんだ」

「あたしは元気だよ」

「ぶっ飛ばすぞお前」

「あー、この人、女の子に向かって『ぶっ飛ばすぞ』とか言った！　ねえ、酷《ひど》い人だと思わない、悠羽ちゃん！」

「ええっと……」

ひたすら困り顔の悠羽。なんとかしてくれと俺を見てくるが、加莉は見ての通り、新田圭次をも凌《しの》ぐバケモンだ。一筋縄《ひとすじなわ》でいく相手ではない。

とりあえず悠羽だけは逃がそうと、両手を挙げて降参《こうさん》しておくことにした。

「おい加莉。とりあえず悠羽だけでも休ませてくれ」

「それもそうだね。ふふっ、その代わりロクくんには後でたっぷり相手してもらうからね。おいで二人とも。お婆ちゃんがご飯作って待ってるよ」

やっぱり俺は逃がしてくれないらしい。初日からカロリーが高いな。

先導する加莉について、彼女の祖母が所有する家の敷地に入る。周りが薄暗くて今はよく見えないが、立派《りっぱ》なお屋敷だ。豪農の家系らしく、かつてはここら一帯の畑が加莉家のものだったんだとか。

「なんかすごそう」

「わかる」

ＩＱ３の悠羽の感想に、俺も同意だ。アパート暮らしの俺たちとは、文字通り次元が違う。

玄関扉を開け、「ただいまー！」と加莉が中に入っていく。

「「おじゃまします」」

その後ろから俺と悠羽も入る。

石畳《いしだたみ》の玄関と、長い板張りの廊下。手前の左側にあるのが居間で、右側にあるのが台所と食堂。個人の部屋は、廊下を真《ま》っ直《す》ぐ進んだ先にある。

二年前に来たときも、この家で暮らしていた。鼻先をかすめる蚊取《かと》り線香の匂《にお》いが懐《なつ》かしい。風鈴《ふうりん》の音色《ねいろ》と、静寂《せいじゃく》を揺らす虫の声。田舎のリズムがやけに心地よい。

加莉は振り返ると、左を指さす。

「ロクくん、荷物を居間に置いて食堂に来て。家の案内はしなくていいよね」

「おう。なんなら家までの案内もいらなかったけどな」

「この男は一言余計なんだよなぁ」

ぶつぶつ言いながら、加莉は一足先に食堂へ。

後に残された俺たちは、靴を脱いで手前の居間に入る。今時珍《めずら》しい畳《たたみ》の部屋を前に、悠羽は何度か瞬きする。しゃがんで荷物を置き、ぐるりと部屋を見渡した。それから視線を俺に向けてくる。

「ねえ六郎」

「ん?」

「お婆ちゃんちって、こんな感じなのかな」

「そうかもな」

「来たことないのに、なんでだろうね。懐かしいって思っちゃう」

「原風景ってやつなんだろ。心の中にある、ふるさとのイメージみたいな」

荷物を置いて、悠羽はどこか遠い目をしていた。

彼女は自分の祖父母に会ったことがない。不倫《ふりん》で生まれた子供だからと、遠ざけられているからだ。彼女はもちろん、そのことを知らない。物心ついた頃には「お祖父《じい》ちゃんとお祖母《ばあ》ちゃんは死んでしまった。お父さんとお母さんは一人っ子だから、従兄弟《いとこ》もいない」というふうに言い聞かせられているし、俺はその嘘《うそ》に加担している。

祖父母と従兄弟がいないことで、彼女は寂《さび》しい思いをしてこなかっただろうか。

わかりようもない。はじめから養子だった俺には、そもそも両親すらいなかったのだから。

「食堂行くぞ。文月さんに挨拶しないとな」

「文月さん?」

「加苅のお婆ちゃんで、この家の主《あるじ》」

「七月生まれなんだ」

「よくわかったな」

「学校で勉強したから」

生まれた月を名前にするのは、定番の一つだ。文月は旧暦の七月を示すので、悠羽の発言は正しい。別に難しい知識ではなかったかな、と思い返すが、褒《ほ》めておいて損《そん》することはないだろうと自己解決。

居間から出て、暖簾《のれん》をくぐると温かい和食の匂いがする。

文月さんは、流しのところに立っていた。背が低くて白髪の綺麗な、可愛らしいお婆さんだ。振り返って、老眼鏡を持ち上げると優しい声で言う。

「あらあらロクちゃん、大きくなったわねえ」

文月さんは二年前と変わらないように見える。そのことに安堵《あんど》して、俺は肩をすくめた。冗談めかして答える。

「ところがどっこい、身長は一ミリも伸びてないんだな」

「あらそう。おっきくなったように見えるわぁ」

「久しぶり、文月さん。元気そうでよかった」

「はい。おかえりなさい」

手を洗ってタオルで拭《ふ》くと、文月さんはこっちに歩いてくる。料理はその後ろで、加苅が引き継いでいた。

「そちらが妹さん？」

「はいっ。三条悠羽です。お世話になります」

丁寧にお辞儀《じぎ》する悠羽。文月さんは悠羽に顔を近づけ、目を細める。

「顔はあんまり似てないのね。でも不思議と……ロクちゃんの家族ってわかるわ」

「似てないとはよく言われます」

「いいじゃない。見た目なんて、大した問題じゃないわ。家族というのはね、心なのよ」

「……そうなんですか」

返す悠羽の表情は、少し険しい。家族の話題はセンシティブだ。できれば俺としても避けたかったので、会話に割り込む。

「文月さん。俺が使う部屋は前と同じでいい？　今回は二人だから、もう一部屋借りられると嬉しいんだけど」

「襖《ふすま》で仕切った隣の部屋なら空《あ》いてるから、自由に使いなさいな」

「ありがとう。助かるよ」

「いいのよ。こっちも賑《にぎ》やかになって嬉しいわぁ。ねえ、美凉」

「もちろん！」

ポニーテールをぴたんっ、と振って背中を向けたまま加莉が同意する。ああ見えてあいつ、もう二十歳《はたち》じゃなかったっけ。学年では俺が一個上だけど、数字だけなら同じだ。すっごい違和感。

「さ、二人とも座って。今日は疲れたでしょうから、ご飯食べてお風呂に入ってゆっくりしなさい」

「ロクくんはあたしとお話しするんだよ」

「美涼、ロクちゃんが凄《すご》く嫌そうな顔してるわ」

表情筋を総動員してアピールしたところ、文月さんが助けてくれた。だが、加茹は指でジェスチャーしながら食い下がる。

「ちょっとだけ。ポキッとだけ、ね」

「――わかった。風呂入る前に時間作るよ」

「やりぃ！　さすが、優男《やさおとこ》は違うねえ」

どうせ加茹の話は『蛇殻祭』についての相談だ。俺からも聞いておきたいことはあるし、先《さき》延《の》ばしにする理由はない。

文月さんは俺と加茹を交互に見つめると、ほんわりと微笑んだ。両手をパンと合わせて、食卓を示す。

「ご飯にしましょ。二人ともたくさん食べてね」

大皿と小鉢《こばち》に盛られた旅館のような和食を前に、悠羽が小声で聞いてくる。

「これって今日、歓迎会だから多いんだよね」

「いや、毎日この量」

「太っちゃう……」

「そのぶん働こうな」

「うん」

自信なさげに頷いてから、悠羽は視線を自分のおなかに落とす。太っているようには見えないが、普段から気をつけている結果なのだろう。乙女《おとめ》は大変だな、と他人事《ひとごと》のように思った。

◇

夕食後、悠羽は風呂に行き、俺は縁側《えんがわ》へ移動した。

腰を下ろして夜風にあたり、蚊取り線香の匂いに目を閉じる。ゆっくりと目を開ければ、加莉がお盆に麦茶を載《の》せて立っていた。

「どう？　やっぱり女蛇村は最高でしょ」

「そうだな」

ひねくれ者の俺でも同意するしかない。

家を追い出され、行き先もなく、大したつてもないまま転がり込んだ。何者でもない俺に、文月さんが居場所をくれた。この村には仕事があふれていて、必要としてくれる人がいた。

ここで過ごした時間があったから、俺は――。

隣に腰を下ろした加茹と視線を合わせる。もう一度、ちゃんと頷いた。

「いいところだよ。ここは」

「にひー。だよねえ。あたしも帰って来ると安心する」

「いつ帰ってきたんだ？」

「先週かな。九月までいる予定。ロククんはいつまでいるの？」

「八月末。悠羽の学校が始まる前には戻らないと」

「そっか。一カ月ないくらいかー。……けっこう短いねえ。短い。短い！　えっ、短くない!?　大丈夫かな、あたしたち夏の思い出ちゃんと作れるかな!?」

「加茹との思い出はいらない」

「嘘でもそういうこと言っちゃいけないんだぞ！」

「嘘じゃねえよ」

思いっきり顔をしかめると、彼女はけらけらと笑う。どこまでも快活に、いつだって溢《あふ》れんばかりに元気で。こうなりたいわけじゃないけど、こうはなれないと思わされる。勝負もしていないのに、負けたような気分になる。だから、嫌いじゃないけど苦手だ。

要するに、俺の問題だ。くだらない劣等感を拭《ぬぐ》えないまま、大人もどきになってしまった。

息を一つ吐き出して、つまらない感情を追い払う。

「それで、話ってなんだ？　祭り関連のことだろ」

「お祭りのことじゃないよ」

「え……？」

　ぽかんとした顔で加苅が首を傾げるから、つられて俺も首を傾げた。てっきり蛇殻祭の件だと思っていたが、見当違いだったらしい。それ以外に話すことなんてあっただろうか。

「ロクくんはなんだと思ってたの？」

「俺が送った資料についての確認」

「ああ、あれ完璧《かんぺき》だった！　ありがとって言おうと思ってたんだけど、再会したら心がぶわーってなって忘れちゃった」

「ぶわーってなんだよ」

「どひゃーかも」

「驚きたいのはこっちだよ」

　街灯もない田舎で黒髪ロングの女が突進してくるの、普通に考えてホラーすぎる。エグいメンヘラ置いてったかなって思ったもん。

「とにかく、再会の勢いで記憶をなくしてしまったのです。ごめんよ」

「謝らなくていいけど、そうか、あれでいいんだな」

「問題なし！　あとはうまいこと実行委員長を説得するから。もちろん、ロクくんに言われた通り根回しはしてるよ」

「ならいい」

「ついにあたしたちが出店を出せる……。ここまで遠かったなぁ」

庭をぼんやり眺めて、感慨《かんがい》深げな加莉。俺が茶化さないのは、彼女が本当に長い時間をかけて取り組んできたことを知っているからだ。クズにだって矜持《きょうじ》はある。

「ロクくんもやる？」

「やらない」

「ちぇー。一緒にやったら、絶対楽しいのにさ」

かぶりを振って、無言の否定。学生時代のイベントは、ずっと隅《すみ》で時間を潰していた。そこに主次や小牧《こまき》がいたこともあるが、それはイベントが楽しかったということではない。

一人でいるのが好きなわけではないけれど、集団に混ざれるほどの器用さもない。

「悠羽を誘ってやってくれ。あいつはそういうの好きだと思うから」

「そっか。わかったよ」

「んで、加莉が話したいことは？」

話を戻すと、ポニーテールがぴょこんと跳ねる。どうやらあれは、彼女の感情と連動しているらしい。原理はしらん。

「……えー、っとね」

彼女にしては珍しく、言葉が詰まって出てこなかった。膝《ひざ》の上で指を絡《から》ませながら、加茄は頬を赤らめていた。夜風が俺たちの間を吹き抜けて、静寂。そっと加茄が顔を上げる。潤《うる》んだ瞳《ひとみ》が真っ直ぐに俺を捉《とら》える。

「思い出を作りたいんだ。会える時間は短いから」

それは紛《まぎ》れもなく、恋をする少女の顔だった。

◆

「思い出を作りたいんだ。会える時間は短いから」

——しまった。

悠羽は己《おのれ》のタイミングの悪さに、口の中を噛《か》んだ。

風呂から上がって、六郎を呼びに来て、ちょうど居間に足を踏み入れたときに聞こえてしまった。しっとりとした、加茄美涼の声が。

出会ってから短い悠羽にもわかる。彼女は真っ直ぐで、偽《いつわ》れない人だ。偽ってしまう六郎とは、ちょうど対極にいるような人。だからきっと、熱を持った感情もそのまま声に乗る。

悠羽は細心の注意を払って廊下に戻り、与えられた部屋へ身を潜《ひそ》めることにした。荷ほどきをしながら、さっきの場面を頭の中で反芻《はんすう》する。六郎を見つめていた加苅美凉の、あの熱っぽい眼差《まなざ》しと、声。

緊張で心臓がうるさい。気づかれなくてよかった。ぐるぐる回る思考を、荷物と一緒に整頓《せいとん》していく。部屋ができあがっていくにつれ、悠羽は冷静さを取り戻していく。

畳の上にぺたりと座って、さっきのことを整理する。

六郎は加苅美凉を「女だと思ったことはない」と言っていた。それで、あの二人の間にはなにもないと決めつけていた……が。

加苅美凉が、そうだとは限らない。一つ屋根の下で暮らしていた同年代の男女。その間に、なにかがあったとしても不思議ではない。特に六郎はしれっとモテているタイプだ。鋭い瞳と、棘《とげ》のある空気感。だが、距離が近づくほどに優しい顔が増えていく。ギャップにやられていたとしても、おかしくはない。

――いや。

待て、と悠羽は冷静になる。

すっかり忘れていたが、彼女の兄、六郎はとんでもない嘘つきだ。マッチングアプリのときだけでなく、日常でも「チャントナナジカンネタヨ」とか平気で言ってくる。少なくとも悠羽が一緒に寝るようになってから、彼が七時間も寝ていたことはない。

そんな六郎が、果たして本当のことを言うだろうか。「女だと思ったことはない」――のだろうか。本当に？

六郎も、加茹美涼を憎《にく》からず思っているのだろうか。

――でも、でもでも。

悠羽は混乱した。だって、六郎はマッチングアプリをしていた。遠距離とはいえ、意識している相手がいるのにそんなことをするだろうか。嘘つきだが、決して不誠実ではないあの男が。

その一点があるから、悠羽が誰よりも信頼している彼が。

考えるほどに堂々巡《めぐ》りで、少女は布団《ふとん》に転がり込む。

扇風機の羽根の音がここちよいノイズ。一日の疲れがどっと押し寄せてきて、そのまままぶたを下ろした。

◇

移動の疲れがあって、布団に入った後は気絶するように眠ってしまった。

目が覚めたのは、翌日の午前五時。久しぶりの七時間睡眠。悠羽と同じ部屋で寝るようになってからは六時間ちょいだったが、この村では毎日ちゃんと寝られそうだ。

立ち上がってカーテンを開ける。外は薄ぼんやりと明るく、遠くに靄《かすみ》がかかった山が見えた。

顔を洗って身支度《みじたく》をしたら、他にやることもないので英語の勉強をする。田舎で朝に勉強していると、なんだか真面目《まじめ》な学生みたいだ。

熊谷先生との相談の結果、履歴書《りれきしょ》に書ける試験を受けることにした。仕事に直結する点数をとるのは大変だが、やるしかない。科目は読解とリスニング。読解のための勉強はもちろんだが、リスニングの長さが大学受験とは比較にならない。そっちの訓練も多めにやる必要がある。最近では、音楽を聴くよりも英語を聞き流す方が長い。

「むっずいなぁ……」

成果のほどは微妙だ。この一カ月と少しで昔と同じレベルには戻したが、どうも頭の使い方を忘れているらしい。二年間サボっていた時間は、きっちりと脳を錆《さ》びつかせている。あの頃はどうやって覚えていただろう。思い出そうとしたところで無駄だ。戻れないものを振り返っても、そこへ行けはしない。

イヤホンを外して、畳に手をつく。ぼんやり壁を見ていると、隣の部屋から物音がした。

布団の音ではない。畳を踏む音だ。

「六郎、起きてるの？」

「すまん。起こしたか」

「ううん。勝手に目が覚めただけ。……そっち行っていい？」

「おう。いいぞ」

俺と悠羽の使う部屋は、襖を開ければ行き来できるようになっている。

着替えを済ませた悠羽がこっちに入ってきて、すぐ隣に足を崩《くず》して座る。

「勉強してたんだ。邪魔しちゃった？」

「いや。ちょうど一段落ついたところ」

「ダウト」

「さあな」

参考書を閉じて、あぐらをかく。悠羽は周りを見て、少し不安そうにささやく。

「文月さんたち起こしちゃわないかな」

「あの二人の部屋は遠いから大丈夫だろ。この家でっかいし」

「そっか。でっかいもんね」

今でこそ畑は他に貸しているらしいが、昔はこの辺《あた》りでも最大級の農家だったらしい。庭には農耕具を置いておくための倉庫や倉《くら》があるし、小さな小屋でニワトリも飼っている。

加苅が小学生ぐらいの頃は、よくこの家で迷子になっていたらしい。俺は高校卒業してから二回迷子になった。

悠羽は安心したように、声をいつもの音量に戻す。

「文月さんの料理、美味《おい》しかったね」

「あの料理は歴史を感じるよなぁ」

農作業にいそしむ男たちを支えてきた、米がすすむおかずの数々。大胆かつ繊細《せんさい》な味付け。画一《かくいつ》化された店の味とは違う、確立された我が家の味というものだろう。

「せっかくだし、教えてもらおうかな」

「頼んでみたらいいんじゃないか。文月さんも喜ぶと思うぞ」

「六郎は、私が料理上手になったら嬉しい？」

「当たり前だろ。毎日食うんだから」

「そっか」

殺伐《さつばつ》とした料理しか作らない俺と違って、悠羽のはちゃんとした家庭の味がする。それにどれほど力を貰《もら》っているか。きっと彼女は知らないのだろう。

その時、細い指が俺の袖《そで》を摑《つか》んだ。

「ねえ。毎日って、ずっと？」

ふとした拍子《ひょうし》にこぼれ落ちてしまったような、そんな。

どうしようもない静寂が俺たちの間に落ちた。

言葉の意味を理解するには、それなりの時間を要した。理解したときには、悠羽は「しまった」という顔をして、首を横に振っていた。

「ごめん。今のナシ、ちょっと私、変なこと言った気がする。朝だし、そう、朝だから、眠いし」

すーっと俺から距離をとって、真っ赤な顔で否定する。とても眠たげな顔には見えないが、そういうことにしておいたほうがいいだろう。

だって悠羽の中で、俺たちは〝血の繋《つな》がった兄妹〟なのだから。いずれ別々の道を行く時が来る。

永遠ではない。限りのある時間を、俺たちは生きている。

座っているのも居心地が悪くて、立ち上がる。部屋の外を示して、言う。

「散歩でもするか。腹すかせないと、文月さんのご飯が食べられないし」

「うん」

早くに起きたもんだから、まだ時間に余裕がある。家の周りの案内も含めて、外を歩くことにした。

着替えを済ませている悠羽とは違って、俺は寝間着《ねまき》代わりのジャージだが……これでいいか。靴を履《は》いて、玄関から外に出る。鍵を閉めない不用心さが田舎らしい。

ニワトリも鳴かない田舎道を、並んでぶらぶらと歩く。遠くから風に乗って、野焼きの匂いがする。畑にはちらほらと、既《すで》に作業を開始している農家の人たち。

続く道の先を指さす。

「コンビニはあそこの道をずーっと行けばあるぞ。二十四時間営業じゃないけど」

「どれくらい遠いの？」

「詳《くわ》しくは覚えてないけど、往復で30分くらいか？」

「遠い……」

「田舎は車がないとやってけないな」

「そういえば六郎って、免許持ってたよね」

「持ってるけど」

「どうやってとったの？」

「ここで金貯《た》めて、合宿で取った。あれがあるとないとじゃ、だいぶ仕事の幅も変わるから」

「やっぱり、持っておいたほうがいいんだ」

「身分証明書にも使えるしな。保険証とかだと、顔写真ついてないだろ。だから本人確認が面倒なんだけど、免許証ならだいたい一発でいけるんだよ」

「へぇ。じゃあ私も取ろっかな」

「貯金ができたら、それもありだな」

合宿でも結構な額がするので、準備するのは大変だが。悠羽が高校を卒業したら、考えてもいいだろう。それまでにはなんとかしたい。なるかかな。たぶん、今のままじゃ無理だ。

必死でやらないと、なにも守れない。

気づかれないように、そっと拳《こぶし》を握る。

「ドライブとか、いつかしたいね」

「車借りれたら連れてってやるよ。どっかのタイミングでいけるだろ」

「ほんと!?」

「俺がお前に嘘をついたことがあるか」

「いつも思うけど、どういう気持ちでそれ言ってるの。もしかして、自分が正直者だと勘違《かんちが》いしてる？」

「俺ほど嘘をつくのが苦手な人間はそういないだろ」

「っていうのすら嘘なんだから、ほんっと最低」

言葉の割に嬉しそうに、悠羽は少しだけ俺よりも前を歩く。

山の向こうから、ゆっくりと太陽が顔を出し始める。遠くの方でニワトリが鳴いた。途端《とたん》に血が通い始めたように、ウグイスも「ホーホケキョ」とのどかな鳴き声を上げる。

朝を迎えるたび、この村が好きだと思う。

故郷の町に帰りたくないと、何度も思った。仕事は一年を通してあったし、ずっとここにいてもいいと言われた。生まれて初めて、自分の居場所だと思える場所がこの村だった。

けれど、あの町には悠羽がいた。

なにかあったとき、たとえ俺にはなにもできなくても、そこにいたいと思ったから、この村を出たのだ。

その悠羽と、今、並んで歩いている。

「なーに笑ってんの。またろくでもないこと考えてるんでしょ」

「お前は俺を悪の参謀《さんぼう》かなんかだと思ってるのかよ……」

「違うの？」

「そういう側面があることは否定しないが」

白か黒かで言われれば真っ黒だ。ぶっちゃけこの村でも悪いことはたくさんやった。はい。

俺はどこに行っても俺なんです……クズは場所変えたくらいじゃ治らない。

「美涼さんたちに、いろいろ教えてもらお。六郎がどんなことをしたのか」

「やめてくれ……ほんっと辛《つら》い。自分のいないところで自分のこと話されるの、精神にくる」

「じゃあ、自分で話す？」

「………他の人から聞いてくれ」

「でしょー」

最初からわかっていたとばかりに悠羽は笑う。

俺はただ、加苅たちが変なことを言わないことを願うばかりだ。なにか弱みを握って口止めしてやろうかと思ったが、あいつは全方面にオープンなので、それもできない。

「加苅なぁ……どうしたもんかな」

あのおしゃべり大魔神を黙らせる方法について頭をひねるが、有効な手段といえば、存在ごと抹消《まっしょう》するくらいしか思い浮かばない。

「美涼さんが、どうかしたの？」

「なんとかして黙らせたいと思ってるんだが、どうすればいいか見当がつかない」

腕組みをして顔をしかめる俺を、悠羽は怪訝《けげん》な表情で見つめてくる。

「六郎は――ううん。なんでもない」

「なんだよ」

「なんでもないから。これ以上聞いたら怒るよ」

「理不尽～」

家の方へ向かって、悠羽は早足で歩きだす。仕方がないので、この件については触れないことにした。その代わり、自分の頭で考える。

どうして悠羽は、困ったような顔をしていたのだろう。

◇

たくさんの皿が並んだ朝食の席で、文月さんが仕事の振り分けを発表する。

「ロクちゃんには、前と同じでゲストハウスの手伝いをお願いしようかしら。今年は外国人のお客様もいらっしゃるから、対応任せるわね」

「それだけ？」

「ふふふ。私からはそれだけよ」

「なるほどね……了解」

含みを持たせた文月さんの言い方に、苦笑いしてしまう。

ゲストハウスの仕事は、実際のところそこまで多くはない。

だが、文月さんの知り合いがたくさんやってきては、やれ「野菜の出荷の手伝いをしろ」だの「病院まで車を出してくれ」だの、しまいには「孫とビデオ電話がしたい。やり方を教えてくれ」などという依頼まで届くのだ。村中の雑事をこなすのが、よそから来た労働力たる俺の仕事。

「ゆうちゃんには、レストランのスタッフをお願いするわ。山奥にある、知る人ぞ知るピザの名店って、最近有名なのよ」

「はい！　頑張ります！」

「美涼もそこで働いているから、二人で頑張ってね」

「………………」

幸せそうにご飯を頬張《ほおば》っている加莉は、身振り手振りで「あたしに任せなさい」とアピールする。生意気なリスみたいで、少し面白《おもしろ》い。悠羽もなぜか無言で会釈《えしゃく》して、「お願いします」と伝えていた。謎の律儀《りちぎ》さだ。

にしても、こんな田舎にピザのレストラン。おまけに加莉も働いているとなると……。

「──なあ加苅、もしかしてその店って利一《りいち》さんのか？」

加苅は痙攣《けいれん》するように激しく頷く。今日も今日とて、ポニーテールがぴったんぴったん揺れる。両手をぐっと握って、ふんすと鼻を鳴らすと、熱のこもった口調で一息に言う。

「そう！　利一さん、ついに自分のお店を持ったんです！　これがもう大人気！　地元の山菜を活かした創作和風ピザを代表に、本場イタリアで学んだ本格マルゲリータも絶品！　皆さん是非《ぜひ》一度ご来店ください！」

「宣伝されなくても行くって」

首を傾げてきょとんとする悠羽に、補足《ほそく》しておく。

「大高《おおたか》利一さんっていう、めちゃくちゃいい人が店長やってる。よかったな」

「そう。利一さんはね、すっごく優しくて格好いいんだよ！　ロクくんとは大違い」

「流れ弾の威力《いりょく》が高えって」

うっかりで俺の腹に風穴《かざあな》空いてる。致命傷もいいところだ。

悠羽は手で口元を隠して考え込むと、ゆっくりと尋《たず》ねる。

「えっと、もしかしてなんですけど、美涼さんって……」

「うん。利一さんが好きだよ」

言い終わる前に、加苅は肯定した。にっこり笑ったその表情に、一切の曇《くも》りもためらいもない。その横で、文月さんがやれやれと笑顔で首を横に振る。

「美涼はねえ、ゲストハウスを手伝ってって言っても、あっち行きたいって言って聞かないから……ロクくんたちが来てくれて助かったわぁ」

「ごめんお婆ちゃん。この恋は譲《ゆず》れないの。大学あるから会える時間は短いし、頑張ってアピールしなきゃ！」

「はいはい。あんたは昔っから、これと決めたら譲らないいんだから。まったく、誰に似たんだかねえ」

ふくふくと笑う祖母と孫に、見ているこっちまで癒《い》やされる。

加莉はうるさいやつだが、根が真っ直ぐな憎めないやつだ。だからどうしても嫌いになれなくて、それゆえ苦手だったりする。

八つも歳の離れた利一さんに恋をしたのは十歳の時らしく、今年で片想い10周年のメモリアルイヤー。

こんなにパワフルな彼女が未《いま》だに告白をしていないのは、利一さんの夢が叶《かな》うまで邪魔したくないという、なんともいじらしい理由である。

人の不幸を主食とし、人の幸福が致死の毒となる俺ですら応援したくなる。お前はもう幸せになってしまえ。呪《のろ》うかどうかはその後で検討する。

そんな彼女の様子を見ながら、悠羽は一人呆然《ぼうぜん》としていた。

◆

——じゃあ、六郎のことは誰が幸せにするんだろう。

時折浮かび上がってくるその問いに、悠羽は答えを見つけられずにいた。

悪化していく両親との関係性から救い出してくれた六郎。泣いていた悠羽から目を逸《そ》らさず、真っ直ぐに手を差し伸べてくれた彼の、あの優しい瞳。いつも険しい顔をしているから、六郎のそういう顔は、泣きたくなるくらいに温かい。

——六郎に、笑っていてほしい。

遠い昔に、二人で遊んでいた頃のように。家族が家族の形をして、無邪気でいられた帰り道のように。辛いことから六郎が解放されて、暖かい毛布にくるまって眠れる日々を、少女は望んでいる。

そして彼女は、知っていた。

六郎が本当の意味で幸せを掴むそのとき、隣にいるのは自分ではないと。

彼はあまりにも、悠羽に縛《しば》られているから。彼自身がそれを望んで、悠羽のために全《すべ》てをなげうってしまうから。

だから、他の誰かが必要なのだ。かつて寧音《ねね》がいたその場所に、三条六郎と並んで歩くことができる人が。六郎自身もわかっていたから、マッチングアプリをしていたのだろう。

それなのに、悠羽と再会してしまった。

六郎が選んだことを、否定するつもりはないけれど。彼がくれる日常を、少しだって否定する権利はないけれど。幸せでいることが、悠羽にできる一番の恩返しだと理解しているけれど。

幸せだと思うほどに、どうしようもなく悲しくなる。ほんの少し胸が痛くて、息苦しくて、焦燥《しょうそう》感に蝕《むしば》まれる。

誰か。

誰か、はやく。

六郎のことを、連れて行ってあげてください。

美涼がそうならよかった。でも違った。六郎にはその気がなくて、美涼には他に好きな人がいる。

今日も、六郎は悠羽に向けて笑いかける。困ったように肩をすくめて、くだらない冗談を口にする。

おかしな感情だとはわかっている。それでも――

ずっとなんて、ありえないのに。

「本当は、私が――」

飲み込んだ言葉は行き場を失って、ゆっくりと胸の底に沈んでいく。

第2話　願いと願い

六郎《ろくろう》がゲストハウスに向かうのを見送ってから、悠羽《ゆうは》も美涼《みすず》と一緒に家を出た。

歩いて行くには遠いからと、庭にあった自転車を足にする。のどかで車通りの少ない農道を、少女二人は並走する。

「悠羽っちはさ、あ、悠羽っちって呼んでいい？」

「いいですよ」

「よかったぁ。あのさ、アルバイトって初めてなの？」

「はい。うちの学校は原則禁止なので、今まではやったことないんです」

「へぇ。じゃあ、わくわくするね」

「はい」

悠羽たちの家庭事情には触れず、美涼は前向きにペダルを漕《こ》ぐ。六郎とは相性が悪いようだが、悠羽は彼女に好感を抱いていた。

これくらいうるさいのも、女子同士なら珍《めずら》しいことではない。相手が元気なら、悠羽もそれに合わせるだけだ。

「美涼さんは、普段なにをしてるんですか？」

「大学生。今は夏休みだから帰ってきてるの」

「町おこしのリーダーだって、六郎から聞いたんですけど」

「おっ！　悠羽っちも興味ある？　メンバーは随時《ずいじ》募集中だよ～」

「興味というか……六郎も昔その中にいたんですよね。そのお話が聞きたくて」

「あははっ、ロクくんのこと気になるんだ」

何の気なしに放たれた言葉に、刹那《せつな》、悠羽の頭は真っ白になる。

気になる、きになる、木になる、きになる、気になる？

「べ、別にそんなんじゃないですけど！　ぜんぜんっ、あんなの気になんかならないですけどっ」

「そう？　お兄ちゃんのことを知りたいのって、普通だと思うけど」

「あ――」

それで、自分が妙な勘違《かんちが》いをしていたことに気がつく。

最近、変だ。特に今日は、さっき美涼の真《ま》っ直《す》ぐな恋バナを聞いてしまったからか、なにかがおかしい。思考がどうしても、そっちの方に寄ってしまう。

（そっちの方って、なんだ）

悠羽は小さくため息をついた。六郎はただの六郎で、兄と呼ばれたくないだけの、ただの兄だ。それ以外の何者でもない。

「なんでもないです。教えてください」

「オッケー。じゃあ、やることが終わったら二人でガールズトークしよ。今日は定休日だから、悠羽っちにお仕事教えるだけだし。時間には余裕あるよ」

「ありがとうございます」

ガールズトークという響きは久しぶりだった。同級生は今、受験勉強のまっただ中でそれどころではない。不登校だったこともあり、半年ぶりに聞く単語だ。

「さ、見えたよ。あれがあたしたちの職場です」

自慢げに指さす先には、お洒落《しゃれ》な煙突のついたレンガの建物。なにも書かれていない看板《かんばん》と、砂利《じゃり》の駐車場。

入り口のところに、痩身《そうしん》の男が立っていた。くすんだ金髪を後頭部で結んでおり、男にしては髪が長い。二人に気がつくと、手を振って合図する。

「利一《りいち》さーん！　おはようございます！」

途端《とたん》にギアを上げ加速して、一直線に美涼が突撃していく。

その後ろ姿を見ながら、何とはなしに悠羽は呟《つぶや》いた。

「なんか、いいなぁ」

◆

大高利一《おおたかりいち》は、落ち着いた金髪を後ろで結んだ、爽《さわ》やかな男だった。立ち姿に大人らしい落ち着きがあって、二十七歳という年齢が、しっくりくる。

「紹介するね、こちらが店長の大高利一さん」

「こんにちは。僕が店長です」

柔らかく微笑《ほほえ》んで、短く自己紹介をする利一。声の感じだけで、優しい人なのだとわかる。

「よろしくお願いします。三条悠羽《さんじょうゆう》です」

「ロクの妹なんだってね。夏の間は忙しいから、来てくれて助かるよ」

「はい。頑張ります！」

背筋《せすじ》を伸ばす悠羽に、利一は、

「まあ、そんなに力《りき》まないで。気楽にやってもらっていいから」

「わかりました」

「うん。じゃあ、さっそく中に入ってもらおうかな。書類を書いてもらわないといけないんだ。印鑑《いんかん》は持ってきているかな？」

「持ってきました」

悠羽は知らなかったのだが、ちゃんと六郎が準備してくれていた。『三条』と刻《きざ》まれた印鑑を持つと、なんだか自分も大人の世界に触れた気がする。

定休日の店内は、カウンター上のライトが点《つ》いているだけで薄暗い。その裏側感に、悠羽はここで働くのだと実感した。

「書類を読んで、大丈夫だったらサインし印鑑を押して。こっちは住所とか電話番号を書いてもらう方ね」

渡された紙は思ったよりも多く、悠羽はこくこくと頷《うなず》いて応じる。

「細かい書き方は美凉から聞いて。僕は少し畑に行ってくるから」

「どーんと任せてくださいな。ついでにホールの仕事も説明しちゃっていい？」

「うん。それに関しては、もう美凉の方が詳《くわ》しいからね。制服も更衣室にあるから」

「じゃあ、後はあたしでなんとかなりそうかな」

「お願いしてもいいかい。終わったら上がっていいよ」

「もっちもち～」

軽く頷いて、利一は外に出て行く。背中が見えなくなるまで美凉は手を振り、ぱっと悠羽の方を向いた。セミロングの少女は、聞きたいことがあるらしい。

「店長って、畑もやってるんですか？」

「このお店の裏にね、ハーブとかを育ててる畑もあるんだよ」

「すごいですね」

「でしょ。利一さん、すごいんだ。あたしたちもたまに摘《つ》みに行ったりするから、後で見に行こうね」

「はい」

好きな人が褒《ほ》められると、自分まで嬉《うれ》しくなる。そんな様子の美涼に、悠羽はやはり癒《い》やされる。年上だけど、可愛《かわい》い人だなと思う。

「よーし、じゃあビシバシいくぞ！」

「お願いします」


午前中でバイトの説明を終え、約束通り悠羽は美涼とガールズトークをすることになった。

「普通はカフェでやるもんだけど、今日は天気もいいし、飲み物買ってあそこ行こっか」

「あそこって、どこですか？」

「女蛇《おなへび》神社。家の近くだから、帰るついでに行けるしね」

そういうわけで、途中の自販機で炭酸を買ってやってきた。

家から少しだけ行ったところにある山の入り口に、広い参道があった。最近修復されたものだろう、石畳《いしだたみ》はがっしりしていて、足下に不安は少ない。

参道を進み、階段を上ると鳥居《とりい》があって、左手に手水舎《てみずや》、正面に拝殿《はいでん》という簡素《かんそ》な配置の神社がある。人の気配はなかった。手水舎の水の音が聞こえるほど静かで、蟬《せみ》の鳴き声すら遠い。

「この村の子供はね、よくここに集まって遊ぶんだ」

美涼が上を向いたのにつられて、悠羽もそうした。木々が開けて、青空が見える。日光が届かないおかげで涼しいいし、そこまで暗くはない。十分な広さもあるし、子供の遊び場にちょうどいいのだろう。

脇《わき》の方に置いてある切り株みたいな椅子《いす》に座って、二人はペットボトルを開けた。ぷしゅっと炭酸の抜ける音。

一口飲んで、美涼が切り出す。

「ロクくんのこと話すんだっけ。なにから聞きたい？」

「私、本当になにも知らないんです。六郎はなにも自分から言わないから……だから、どんなことでも知りたいなって」

「そっか。じゃあ、その話の前に——悠羽っちは、この村に伝わる嘘《うそ》つきと蛇《へび》の物語を知ってる？」

「嘘つきと蛇……知らないです」

聞いたことのない組み合わせに、悠羽は首を傾《かし》げる。嘘つきと聞いてすぐに思い浮かぶのは、自《みずか》らの兄であるあの男だ。

「そんなに長くないから聞いてくれるかな。観光客向けに、暗記したんだ」

「ぜひお願いします」

美涼は頷くと、静かに物語を紡《つむ》いでいく。


「昔この村に、男と女がいました――」


想い合った二人が、一度は大人たちの事情によって引き裂かれる。女は憎《にく》しみで蛇となり、男は彼女に愛を伝え続ける。長い年月の果てに、呪《のろ》いが解けて二人の関係が周囲に認められていく。

それは身分違いの恋の物語。

それは裏切りと復縁《ふくえん》の物語。

それはただ、一途《いちず》な愛の物語。

語り終えるまでの間、悠羽は自分が息をしていることすら忘れていた。それくらい美涼の語りは流麗で、引き込まれた。

末永《すえなが》く幸せに暮らしました。

その一文が物語を締めてからしばらく、悠羽は黙っていた。

美涼がふうっと息を吐いて、現実に引き戻す。

「どうだった？」

ぼうっとしていた悠羽は、その瞬間にペットボトルの冷たさを思い出す。

「素敵《すてき》な話だと思いました」

「だよね。十年もずっと毎日『愛してる』って言われるなんて、そんな幸せなことないよね」

力強く共感を示す美涼に、悠羽は少し戸惑《とまど》ってしまった。

「あ、すいません。そこじゃなくて、女の人が蛇になるのがいいなって思ったんです」

「あれ？　そこにグッときたんだ」

意外そうに言う美涼に、悠羽は曖昧《あいまい》な笑みを浮かべ頬《ほお》をかく。

「変ですよね。自分でも、変だって思うんです。……でも、大切な人がいなくなるとき、蛇になってしまうくらい悲しめるのって、すごいことだなって」

二年前、六郎がいなくなったときのことを思い出していた。

初めて喧嘩《けんか》をして数日後、突然彼はいなくなった。仲直りの暇《ひま》すらなく、悠羽はただ混乱しているだけで。いつか帰ってくるだろうと思っていたのに、気がつけば六郎のいない生活が当たり前になっていた。

受け入れた自分と、受け入れられなかった物語の女。

どうしてもそれを意識してしまって、おかしな感想になってしまった。蛇になるなんて、普通は憧《あこが》れることじゃない。

だが、美涼は目を輝かせていた。

「ううん。おかしくないよ。そういうのも、ありだと思う」

「え」

「そっかそっか。そういう考え方もあるよね、うん。利一さんにフラれたら、あたしも蛇になっちゃいそうだし。なんかわかるかも」

「なるんですか？」

「気持ちの問題だよ。なろうと思えば、人はなんにだってなれる！」

「そういう話でしたっけ」

恋物語が、いつの間にか根性論にすり替わっている。美涼はそういうのが好きらしい。しっとりしたラブストーリーより、熱血アクションの方が好きそうではあるが。

「ちなみに、ロクくんは『くだらねえ』って言ってたよ」

「ほんとに最低ですね」

気に入らなかったにしても、あの男はもうちょっと言葉を選べないものか。

「あの頃はトゲトゲしてたし、今聞いてみたらちょっとは違う答えが返ってくるかも」

「どうでしょうね。私は変わらないと思います」

「なんで？」

「なんとなくです」

確固たる理由は思いつかない。けれど悠羽には鮮明に、六郎が「くだらねえ」と言う姿が想像できた。

美凉は何度か瞬《まばた》きして、納得したらしい。

「悠羽っちがそう言うなら、そうなんだろうね」

ペットボトルを振る。残っていたあと少しの炭酸が抜けていく。

「というわけで、この村にはそんなお話があるってこと」

「はい」

「でね、私たちが運営する『学生町おこし隊』は、それを使ってどうにか観光客を集められないかって考えてたんだ。夏の終わりには、この神社で『蛇殻祭《へびがらまつり》』っていう行事もあるし、絶対なんとかなるって思ったから。

子供たち皆で集まって、必死にいろいろ考えて、大人たちに提案してみて——全部却下されたのが、二年前」

具体的な数字に、悠羽の集中力が高まる。話の流れが変わった。否《いな》、本題に入ったというべきか。

「どうにか状況を打開したくて、外から来たロクくんに相談してみたんだ。それが、あたしと彼の始まり」

◇

「ロクにいちゃんこれおしえてー！」

「こっちこっち、こっちもおしえてー！」

「あそぼー！」

全方位から小学生のガキどもに服を引っ張られ、悪夢のような気分でそれを引き剝《は》がす。

「おいちびども、おとなしく座って待ってろ。今調べてんだから」

「「「やー！」」」

文月《ふづき》さんが管理人を務めるゲストハウスの一階。旅行客と地元の人が交流するために作られた広いリビングに、近所のちびっ子たちが集結していた。

今日から俺がやってきたと聞いて、さっそく「労働力にならない子供を預かってもらいたい。ついでに勉強を教えてくれたら最高」という依頼が来たのである。だからここにいるのは、小学生でも下級生に当たる三人組。

ただ預かるだけでなく、自由研究と工作も手伝ってくれというのだから……まあ、その分お礼は弾《はず》んでくれるらしいから、なんとも言えないが。

これが無報酬《ほうしゅう》だったら、このガキども全員窓から投げ捨ててる。が、報酬が発生する以上はきちんとやらねばならない。

「おしえておしえておしえて！」

「あそぼあそぼあそぼあそぼ！」

「やいやいやいやいやいやいやい！」

「このガキども……っ」

　普段から大人に甘やかされているのか、地球上の全人類が自分の味方だと思っているらしい。俺がどれだけ不機嫌そうにしても構わず突っ込んでくる。恐怖という概念そのものが抜け落ちているみたいだ。

「あらあら。ロクちゃんは人気者ねえ」

「文月さん、助けて……」

「これも社会勉強よ。頑張りなさいな」

　おっとりした顔で見守るお婆ちゃんは、どうやら手を貸してくれないらしい。子供たちも、文月さんに迷惑はかけられないと——その程度の常識は持ち合わせているらしく、俺に集中砲火だ。

　ガキの相手は苦手だ。嫌いと言ってもいい。

　元気ばかりあり余って、願いばかり綺麗《きれい》で、俺とは正反対だ。

「……ったく、この村のガキは、どいつもこいつも手がかかる。けど、仕事だからな」

　ため息と一緒に、覚悟を決めた。

なに、ガキの相手は、これが初めてじゃない。

◇

二年前の夏。加茢《かがり》によって俺は、「学生町おこし隊」なるものに連行された。

場所は祭りが開かれるという、女蛇神社で、村中からかき集められた子供が十数名いた。

最年長は加茢で、一番歳が近いのでも二つ下。平均を取れば、おそらく中学生にも満たないくらい幼《おさな》い集団だ。

そこに行くまでに、加茢たちがやってきたことはだいたい聞かされていた。伝承《でんしょう》を使った、村の宣伝。子供たちが演劇にすることで、新聞に取り上げられることもあったという。出てきた感想は、

「十分満足できる成果だろ」

というものだった。だが、加茢は首を横に振る。

「みんな凄《すご》いねって言ってくれる。でも、まだ足りないんだ」

「……そうかよ」

いつになく落ち着いた表情の加茢に、俺は一人で納得していた。

きっと彼女には、異様な力があるのだろう。人をまとめ上げ、想像以上の成果を生み出して

しまう力が。普通なら諦《あきら》めてしまう道を、切り拓《ひら》いてしまうだけのなにかが。

そしておそらく、その成功体験が彼女の足下を不安定にする。

失敗がなかったわけではないだろう。それでも、大きな挫折《ざせつ》はなかったのではないだろうか。

なんてことを、学生たちを前にして思った。当時の俺は、既《すで》に高校を出て学生という身分ではなかったのだ。やはりこの中に馴染《なじ》むということは、考えられなかった。

学生時代も、仲間意識などというものを持つことはついぞなかった。いまさら学ぶには遅すぎる能力だ。

「今日はスペシャルアドバイザーとして、都会出身のロクくんを連れてきました！」

「別に都会じゃないぞ」

「でもコンビニが二十四時間やってるんでしょ？」

「コンビニは二十四時間やってるもんだろ」

「都会の人はすぐそうやって田舎《いなか》を馬鹿《ばか》にする」

「やーいやーいバカ田舎」

「言ったな！　このクズ都会人間！」

平均年齢十二歳以下の子供の前でボコスカ始めそうになる年長組。見られているということを思い出して、ぎりぎりで思いとどまる俺と加莉。

周りには既に、「なんでこいつ呼んだの？」という空気が漂っていた。

「おほん、ええっと。今のは挨拶《あいさつ》です」

咳払《せきばら》いでごまかす加茢の横で、俺も頷いた。実際、最近は顔を合わせたらすぐ喧嘩ぐらいにはなっている。同じ家で寝起きしているので、もう慣れたもんだ。

怒りの感情なしに喧嘩していたら、それはもう挨拶と言っても過言ではない。

「今日は、あたしたちの活動について、外からの意見をもらおうと思って連れてきました」

「連れてこられました」

「ちゃんと後でお礼するから」

「ほんとだな」

「そんな嘘はつかないって」

加茢は生意気な笑みを浮かべると、再びこれまでの出来事について話し始めた。今度はその場にいた子供も加わって、より詳細《しょうさい》に、ときにぐちゃぐちゃに情報が入ってくる。

彼らの意見をまとめると、「大人たちは子供のことをわかってくれない」というふうに受け取れる。

「なるほどなぁ。……でもまあ、約束をドタキャンされようが、君らにそれを非難する権利はないんじゃないか？」

空気が刺々《とげとげ》しくなる。敵意を向けられるのは慣れているが、気まずさはいつも変わらない。

ポケットに手を入れ、湿った息を吐き出す。

「大人は自分たちのことを理解してくれない。じゃあ、君らは大人のことを理解してるのか？大人だからわかって当たり前だって、勝手に期待して押しつけて、夢見てるだけだろ。約束を破られた？　ただの口約束なんて、約束とは呼ばないんだよ」

俺は誰かに期待したことなんて、数えるほどもない。親に関しては冷静になった今、十八まで金を払ってくれたことに感謝することすらある。

大学に行けなかったのは、そういう交渉《こうしょう》を成立させられなかった俺のミスだ。

きっとこの子たちは、期待に応《こた》えてもらって生きてきたから——それは俺よりも、ずっと素晴らしい人生なのだけれど、だからこそ危ういと思う。

「大人ってのは、君たちや俺があと何年か生きてればそう呼ばれるものなんだ。完璧《かんぺき》になんてなれやしない。すべての願いを叶《かな》えられるなら、今頃みんな働かないでゲームでもしてるさ。だから、人を動かすのに情に頼るな。筋《すじ》を通せ。相手の求めているものを差し出して交渉のテーブルに載《の》せないと、また同じことを繰り返すぞ」

最後の方は、ただ加莉に向けた言葉だった。

お前が人を動かす力のあるやつだってことはわかった。クソガキだが、その才能は認める。すごいやつだと、俺も思う。

「……そっか。そうだね。あたし、子供だった」

「クソガキな」

「うるさいクズ」

「てめぇ……、人がアドバイスしてやってんのに生意気な」

「いちいちムカつく言い方しかできないロクくんが悪いんでしょ！　ああ、それとも日本語は初めてなんですかぁ？」

「ぎぎぎぎっ」

「ぐぬぬぬっ」

眉間《みけん》にしわを寄せて睨《にら》み合う年長二人。慌《あわ》てた子供たちが間に入って、大人げない俺たちの仲裁《ちゅうさい》をする。

引き離されて一息ついて、加莉はぼそっと呟いた。

「……ありがと。今度、ちゃんと落ち着いて話してみる」

「……いや、俺も言葉が悪かったけどまあ、頑張れよ」

なんだか気まずくて、頭をかいてしまった。これじゃあ俺たちが仲良しみたいじゃないか。

「んじゃ、俺は先に帰るぞ。腹減った」

「ロクくん！　後で絶対お礼するからね」

「いらねえよ」

こんな不満を垂《た》れ流しただけで感謝されていたら、他の労働がアホらしくなってしまう。やっぱり利益は、汗水《あせみず》垂らして得るに限る。

女蛇神社の参道を抜けたところで、振り返った。

「あいつも、あれくらいわがままでいいのにな」

遠くの街で暮らす悠羽のことを思い出して、切なくなる。

最後に彼女が俺になにかをねだったのはいつだろう。

悠羽はなにかが欲しいとは言わなかった。なにかをしろとも言わなかった。ただ、いつだって俺についてきて、それだけで満足そうに笑っていた。

悠羽が願えば、俺はそれを全力で叶えるというのに。彼女の願いを叶えることができれば。それで俺が、どれだけ救われることか。だが、もう叶わないことだ。

俺がいなければ幸せになれる。

振り払ったはずなのに、会いたい気持ちは消えてくれなかった。

◆

「――って感じで、あたしとロクくんは友達になったのです！」

「ほんっっっとうに六郎がご迷惑をおかけしました！」

話が終わるのと同時に、悠羽は思いっきり頭を下げた。そのまま土下座《どげざ》でもしそうなほど、深い謝罪である。

「美涼さんだけじゃなくて、子供がいる前でそんなこと言ったんですよね。絶対、何人か泣かせましたよね」

「ううん。みんな『都会の兄ちゃんかっけえ。おれも交渉する』って言ってたよ」

「肝《きも》が太い子供たちでしたか……」

あの男が説教する顔は、悠羽ですら想像したら少し怖いというのに。この村の子供は、ずいぶんとタフにできているらしい。

「確かに言い方は悪いし、性格は最低だけど。ロクくんがいなかったらあたし、今でもクソガキのままだったと思うから。感謝してるんだ」

「そうですか」

「だから、悠羽っちが申し訳ないと思うことはない！　だってこれは、あたしとロクくんの間で解決したことなんだから」

「ならよかったです」

ほっと悠羽は胸をなで下ろす。

空の色を見て、美涼が立ち上がった。

「そろそろ帰ろっか。お婆ちゃんと一緒に晩ご飯の準備するけど、手伝ってくれる？」

「ぜひ！　私、あの味を勉強したいって思ってたので」

「おっ、それならちょうどいいね」

並んで鳥居をくぐって、家に向かって歩き出す。

参道が終わる直前で、ふとなにかを思い出したように美凉が立ち止まった。

「そうだ。あとで悠羽っちにプレゼントがあるから、部屋に来てくれる？」

「プレゼントですか」

「そう」

「なんですか？」

「蛇の抜け殻《がら》」

思いも寄らない単語に、悠羽は首を傾げる。あの細長い生物とプレゼントの間に、相関関係を見いだせなかった。

「普通は金運向上の縁起物《えんぎもの》として扱われるんだけどね、この村では別の意味合いを持つんだよ」

「別の……あのお話からするに、恋愛関連ですか」

「そう。女を蛇から人に戻した男の話にちなんで、こんなジンクスがあるの。『蛇の抜け殻を異性と交換すると、永遠の愛が約束される』ってね。

あなたの醜《みにく》さすらも愛す、って意味らしいよ」

「醜さすらも……」

「悠羽っちは、誰か贈りたい人いる？」

「いないですよ、そんな人」

「そっか。でも持っててよ。使えなくても、縁起物だし」

「ありがとうございます」

自分の全《すべ》てを愛してくれる人なら、心当たりはある。

けれど彼に、永遠に愛されていたいとは思わない。

いつか自分から離れて、彼自身の幸せを掴《つか》んでほしいと思うから。

きっと、蛇の抜け殻は渡せない。

第3話 触れていたいよ

　ちびっ子を家に帰し、夕方からのチェックインに対応して一日の仕事が終わる。文月《ふづき》さんは先に帰って、俺は完全に日が落ちてから家に戻る。

　大量の夕飯を食べて風呂に入り、部屋に戻って畳《たたみ》に寝転がる。これではいけないと起き上がって、英語の参考書を開く。麦茶を飲みながら、風鈴《ふうりん》の音がする部屋で勉強。めちゃくちゃはかどる。

　気がつけば午後十時になっていた。いつもならまだ寝る時間ではないが、早起きするために生活リズムを前倒ししてもいい。

　どうするかなと悩んでいると、隣の部屋からノックがあった。

「六郎《ろくろう》、今ちょっといい？」

「おう。いいぞ」

　首だけで振り返ると、襖《ふすま》が開いて悠羽《ゆうは》が入ってくる。風呂に入ったばかりらしく、首にタオルを巻いている。まだ頬《ほお》はほんのりと赤く、ゆったりしたTシャツとハーフパンツから伸びる細長い手足は健康的な白さをしている。

悠羽は座布団《ざぶとん》を持ってきて、俺の横に座る。清潔な石鹸《せっけん》の匂《にお》いがくすぐったい。

「また勉強してたんだ。疲れてないの」

「今日はまだマシなほうだったからな」

ちびたちの相手は疲れたが、農作業に比べれば遙《はる》かに楽だ。あの過酷《かこく》さを知っていれば、だいたいの仕事は耐えられる。

「悠羽はどうだった？　利一《りいち》さんとはやってけそうか」

「うん。すごく優しそうな人だった」

「よかったな」

「今度店に来てよ。私が注文取りに行ってあげる」

「明日行くぞ」

「えっ、あ、明日⁉」

びっくりして後ずさる悠羽。

「文月さんの方から提案してくれてな。せっかく悠羽の初仕事なんだから、初日に見に行ったらどうだって」

「あ、あ、あわわわ」

「なんだよそんなに慌《あわ》てて。まずいことでもあるのか？」

「だ、だって明日とか、まだ全然なにも知らないし、失敗するかもしれないし！」

「大丈夫。爆笑してやるから」

「それが嫌だって言ってるんでしょ！」

頬を膨《ふく》らませて、肩をぺしぺし叩《たた》いてくる。既《すで》に面白《おもしろ》いんだよな。

「まあ、なんと言われようと絶対に行くんだが」

「もう嫌、この人最低すぎる」

「悪いけど、今回は文月さんの厚意だからな。無下《むげ》にできないんだ」

「うぅ……」

ジト目で睨《にら》んでくる悠羽を軽くかわして、麦茶を一口。この季節はこれが一番美味《うま》い。

すぐに隣からため息が聞こえた。ごろんと大の字に倒れて、目蓋《まぶた》をぎゅっと閉じる。その拍子《ひょうし》にシャツがめくれて、おなかが出てしまっていることに彼女は気がつかない。

あんまり見るのも申し訳ないので、そっと視線を外す。

「もういいよ。好きにして」

ここで拗《す》ねたりせず、開き直って受け容《い》れるから面白いやつだ。寝転がる悠羽を眺《なが》めていたら、大きな瞳《ひとみ》がぱちりと開いた。

目が合うと、なにも言わない俺を咎《とが》めるように少女は口を尖《とが》らせる。

「……なんか言ってよ」

バイトをして、金を稼《かせ》ぐ。誰もが通る道なのかもしれないけれど、悠羽がそうなるのは不思議な気分だ。心配なわけじゃない。悠羽が真面目《まじめ》なのも、諦《あきら》めないのも知っている。

それでもまだ、俺の中には幼《おさな》い彼女の面影《おもかげ》があるから。ただ、不思議なのだ。

「大きくなったな」

「なに急に。そんなこと言うなら、六郎だって大きくなったでしょ」

「俺も？」

「そうだよ。だって昔は、私と大して身長だって変わらなかったじゃん。今はつま先立ちしても届かないし。頭がいいのと、顔が怖いのは昔からだけど」

「褒《ほ》め言葉の中に毒を混ぜるな」

「でも、優しいって知ってるから」

悠羽は柔らかい笑みを浮かべると、体を起こす。

「六郎の優しさは、ちゃんと伝わってるよ。だから、この村の人たちは六郎のことが好きなんだと思う」

不意打ちだった。返す言葉が咄嗟《とっさ》に出てこなくて、ばつの悪さに顔を逸《そ》らす。

悠羽は勝ち誇ったような顔をしていた。なにも言えなくなってしまった俺は、確かに負けていた。

「おやすみ。明日、待ってるから」

「おやすみ」

見送って、一人になった部屋で肩を落とす。悠羽から言われたことが、思いの外刺さって抜けなくなっていた。

俺は、優しいなどと言われていい人間なのだろうか。

風鈴の音は、なにも教えてくれない。

◇

午前中の業務は、チェックアウトの確認とゲストハウス全体の清掃が中心だ。

【白蛇《はくだ》】は古民家を改築した二階建てで、一階が共用スペースで二階が宿泊スペース。

そもそもゲストハウスというのは、安く寝るためだけの施設なので、普通のホテルとは造《つく》りが違う。個室もあるにはあるが、主となるのは男女別のドミトリーと呼ばれる雑魚寝《ざこね》部屋だ。

二段ベッドが一部屋に六つならんでおり、十二人が一斉《いっせい》に眠ることができる。団体での宿泊にも使えるが、普段は知らない人同士がこの部屋で眠ったりする。

使用後のベッドシーツを洗濯機に入れて、その間に掃除機をかける。台所やトイレ、シャワー室の清掃も俺の仕事だ。最低でも週に一回は窓拭《ふ》きもして、洗濯物は外に干す。

「よしっ、清掃終了!」

「今日はやけに早いわねえ」

「頑張った」

完璧《かんぺき》に清掃された館内で胸を張り、業務に一段落ついたことを文月さんに報告する。文月さんは福の神様みたいに笑うと、外を指さす。

「それじゃあ、利一くんのお店に行きましょうかねえ。運転お願いできるかしら」

「もちろん」

ゲストハウスの外に停《と》めてある軽自動車の鍵《かぎ》を預かって、いざ行かん悠羽の仕事先。

利一さんに会うのも楽しみだし、今日は柄《がら》にもなく張り切ってしまった。助手席に乗った文月さんが、そんな俺を見て言う。

「ゆうちゃんのことになると真剣になるのは、変わってないわね」

「なに言ってるのかわからないな。俺はいつだって、地球で一番真剣に生きてるのに」

「ふふっ、そうかもしれないわね」

「出すよ。シートベルトはした？」

「ええ」

エンジンをかけて、車を走らせる。ここから目的地までは、そう遠くない。だが、文月さんの歳《とし》で歩いて行くのは厳しいという。足腰がちゃんとしていて、毎日大量の料理をこしらえていても、老いは着実に体を蝕《むしば》んでいくのだろう。二年前に比べて、彼女は少しだけ小さく見える。

女蛇村《おなへびむら》は田舎《いなか》だから、信号なんてものはほとんど存在しない。点々とあるそれは、歩行者用の押しボタン式信号だ。通学時間の朝と夕方を除いて、赤になることはほとんどない。

快適に車を走らせながら、横のレディに話しかける。

「文月さんはさ、俺と悠羽のことなんも聞かないんだね」

「あら。もしかして、聞いた方がよかったのかしら」

「まさか。助かってるって話だよ。俺は別にいいんだけど、悠羽が傷つくかもしれないから」

両親の離婚話と、そこから引き離されて生活していること。あいつがどれくらい精神的なダメージを受けているか、俺には測《はか》りようもない。表向きは平気そうにしているが、義理とはいえ俺の妹。嘘《うそ》の一つや二つついていたって、驚きやしない。

「ゆうちゃんが大切で仕方ないのね」

「俺だって、家族くらい大事にする」

「素敵《すてき》なことだわ。きっと、ゆうちゃんにも伝わってるわよ」

「だといいね」

そうこうしている間に目的地が見えてくる。利一さんの家は知っていたので、文月さんに案内してもらう必要はなかった。看板《かんばん》が立っているあれが、ピザの美味《おい》しいという店だろう。

「……あれ、あの看板なにも書いてない」

「利一くんのお店ね、名前がないの」

「なんでまた」

「あの子、けっこう優柔不断なところあるじゃない？　それで悩んでいるうちに、お店ができちゃって、看板の工事も始まっちゃって、結局ただの板を掲《かか》げることになったのよ」

「そんなことある？」

看板になるはずだったであろうそれは、少しペンキで色づけされただけの板だ。

「でも結局、名前がない美味しいお店ってことで特別感があるのかしらね。遠くの県からもここ目当てでお客さんが来るらしいわ」

「へぇえ。なんというか、そのラッキーも含めて利一さんっぽいな」

駐車場に車を停めて、外から店を眺める。煙突のあるレンガ調の、洒落《しゃれ》た建物。可愛《かわい》らしい外見は、きっと女性受けがいいのだろう。山奥という立地も相《あい》まって、特別な感じは確かにする。

「そうだ、文月さん。今度なんだけどさ、車借りてもいい？」

「もちろんいいわよ。どこか行きたい場所でもあるのかしら」

「ちょっと悠羽をドライブに連れてってやろうかなと思ってさ。この辺、景色いいから」

「おほほほほ」

「なにその笑い」

口を手で押さえて、文月さんが聞いたことのない声を上げる。やたら優しいその目はなんですか。

「おほほほ、どうぞどうぞ。ガソリンだけ入れてくれれば、お休みの日には好きにしていいわよ。おほほほほ」

「テンションおかしいって」

「美涼《みすず》が言ってたことがやっとわかったわぁ。これが『尊い』って感情なのね」

年甲斐《としがい》もなく目をキラキラさせる文月さんに、どうすればいいかわからない俺。立場が立場なのもあるし、シンプルに歳の数だけ向こうのが上手《うわて》だ。下手なことをして余計にからかわれるのは避けたい。

「さあ行きましょロクちゃん。まったく、これだから若い子はやめられないのよねぇ」

ずんずん進んでいく文月さんの後ろを、なんとも言いがたい気分でついていく。いやあの、今の文月さんとあのお店に入るのはちょっと抵抗があるなって。

……なんか言われたりしない？　しないよな。頼む。

すっと前に出て、店のドアを開ける。先に文月さんに入ってもらって、俺も中に入る。

開店してすぐということもあって、店内に他の客はいなかった。

カウンターの向こうで金髪の男が振り返って、片手を挙げる。会釈《えしやく》を返すと、利一さんはちらっと横を見る。

その方向から、髪を後ろで結《ゆ》ってまとめた悠羽がやってくる。白いワイシャツの上から黒のエプロンというシンプルな仕事服。まだぎこちない動作で、

「いらっしゃいませ。二名様でよろしいですか？」

と声をかけてくる。ちらっと一瞬目が合ったが、すぐに外された。やっぱり怒ってるのかもしれない。すまんな、俺の性格が最悪で。ちゃんと来ちゃったよ。

「お席の方へ案内します」

窓際のテーブル席に腰を下ろすと、悠羽がメニュー表をテーブルに置く。

「ご注文お決まりになりましたら、お声がけください」

一礼してその場から離れていく。

戻っていく途中でなにかにつまずいて、「うわっ」と声をあげる。ぱっと振り返る赤い顔と、思いっきり目が合った。すまん、ちゃんと見てた。

でも接客はすごくよかったぞ、という意味で親指を立ててグッジョブサイン。悠羽はめちゃくちゃ睨んできました。煽《あお》ってないって。

「嬉《うれ》しそうね」

「ちゃんとやってけてそうで安心してるんです。成長したなって」

「その様子だと、ゆうちゃんがお嫁に行くときは泣いちゃうんじゃない？」

「……さあ、どうなんでしょうね」

少しだけ想像してみて、すぐにやめた。

メニューを手に取って、どんなものがあるか見てみる。この時間帯だと、ランチセットがおすすめらしい。ドリンクとピザ、サラダにデザートがついて１５００円。

悠羽を呼んで、注文をとってもらう。名物だという山菜の和風ピザを頼んで、しばらく文月さんと話をする。

内容はただの雑談だ。近頃は寒暖差が激しいとか、近所の誰さんが息子夫婦と一緒に暮らすか悩んでるとか、農家に嫁《とつ》いでくる女の人が昔より減っているとか。放っておいたら無限に続きそうな話を、そこそこの相づちを打ちながら聞く。

聞いているフリでも嬉しいものよ、とは文月さんから教わったことだ。まあ、ちゃんと聞いてるんですけどね。文月さんの話はちゃんと聞きます。恩人だし。

注文が届く頃には、ぼちぼち他の席も埋まり始めていた。地元のマダムがお茶会にやってきたらしい。男女比は女性側に大きく偏《かたよ》っている。

人気だというピザを一口。

「……おー、これは美味《い》い。なんか新鮮な味がする」

山菜が持つ味の深みを活かすためか、生地《きじ》の主張がほとんどない。焼けた小麦の香りはするのだが、口にしてみると和に統一された味がする。

「利一くん、昔から料理上手で有名だったけれど、こんなになるとは思わなかったわよねえ」

「すごいですよね。修行して、帰ってきて、自分の店を持って」

「彼にだったら、安心して美凉を任せられるわぁ」

この店の店長は今もカウンターの向こうでピザを焼き続けている。そのすぐ横で、加苅《かがり》は目をハートにしてせっせと働いていた。あんな幸せそうにする労働ってあるんだ。

利一さんが加苅をどう思っているかは知らないけど、結局はなんとかなるんじゃないかと思っている。いや、なんとかなれ。それくらいなんとかしてみせろ、アホ加苅。猪突猛進《ちょとつもうしん》フルパワーがお前の取り柄《え》なんだから。

デザートまで堪能《たんのう》して、もちろん会計も悠羽にしてもらって店を出る。ちょっとつまずいただけで、仕事ではなにもミスしていなかった。これはもう、はじめてのおつかいくらい密着カメラをつけるしかないかもしれん。

店を出て、さあ午後の仕事も頑張ろうと気合いを入れる。

「文月さん、この後はなにをすればいい?」

「今日は子供たちが昨日より増えるわよ。『ウチも預けたい』って人が殺到しちゃってるから」

前言撤回。やっぱやる気でねえわ。

◇

午前中は館内清掃、午後はガキどもから殴る蹴《け》るの暴行を受けながら学習塾ごっこ。そんな日が五日続いて、初めての休みがやってきた。

文月さんの計《はか》らいもあって、俺と悠羽の休みの日は揃《そろ》えられている。ゲストハウスもレストランも、客商売だから人が少なくなるタイミングが同じというのもあるらしい。

朝はいつも通りの時間に起きて、朝食を取って、せっかくだし家の掃除をする。これも二年前に覚えたことなので、別に大変ではない。

そんなことをしていたら、なんだかんだで十時になっていた。

「だいぶ綺麗《きれい》になったねー」

窓拭きを終えた悠羽が、満足げに額《ひたい》の汗《あせ》を拭《ぬぐ》う。古い建物だけあって、この家にクーラーは数カ所しかない。

女蛇村はよく風の吹く場所なので、夜はそれなりに快適だ。しかし、昼ともなれば日差しが厳しい。この家でせっかくの休日を使うのも……それはそれで楽しいだろうが、今日は外に出ることにしていた。

汚れた水を捨てたバケツを庭の水道の横に置いて、雑巾《ぞうきん》を天日《てんぴ》で乾かす。

「んじゃあ、そろそろ出発するか」

「やったー！」

青い空の下、燦々《さんさん》と光る太陽に向かって拳《こぶし》を突き上げ、全力で喜ぶ少女。半袖《はんそで》体操服なので、いつもより元気いっぱいに見える。

心なし、この一週間ほどで肌《はだ》が焼けたか。元が白いので、健康的になっていいことだ。

「どこ連れてってくれるの？」

「のんびりできるところ。ブルーシート敷いて昼飯《ひるめし》食ったりするだけの……あれ」

「ピクニック？」

「そうそれ」

あまりに馴染《なじ》みがない単語なので、咄嗟に思いつかなかった。

「意外。六郎ってそういうの好きなんだ」

「悠羽が嫌なら、山道を無限に走りまくってもいいぞ」

「ううん。今日はピクニックがいい」

「わかった。荷物は用意してるから、自分の準備だけして玄関集合」

「はーい。着替えるから、ちょっと待ってて」

「ゆっくりでいいぞ」

ブルーシートとクーラーボックスを車に積んで、意味もなく庭でストレッチ。最近は勉強くらいしか机でやることがないので、心なし背中のハリも少ない。

十分ほど経《た》ってから玄関が開いて、麦わら帽子に白いワンピースの悠羽が出てくる。風で黒髪が淡く揺れて、帽子の下の瞳が柔らかく微笑《ほほえ》む。

「どうかな？」

「土で汚れるぞ」

「そうじゃない……っ！」

めちゃくちゃ苦い顔で睨まれてしまった。

「可愛いって言えばいいのか？」

「言えばいいのかってなに？」

やばい、めちゃくちゃ怒ってらっしゃる。

「可愛いな」

「………有罪」

「懲役《ちょうえき》何年？」

「二那由他《なゆた》年」

「那由他!?」

また癖《くせ》の強い数字を持ってきたもんだ。そこまでいくと、いくつ0を並べればいいかもわからない。

「言わされた感満載で言われても嬉しくないし」

「俺に褒められても、嬉しくないだろ」

「嬉しくなかったらわざわざ聞いてない。六郎はバカだからわかんないみたいだけど」

「めんどくせえな」

「そういうとこ！　ほんっとそういうとこ！」

「……別に俺が言わなくても、お前が可愛いのは変わらんだろ」

呆《あき》れてつい、妙なことを言ってしまった。後悔したが、遅かった。

悠羽はピタッと固まって、「な、な、な」と故障した機械みたいになっている。

「な、なにおう！　後付《あとづ》けみたいに言われても………今回は許してあげるけど」

「チョロい」

「チョロいって言うな！」

「お前あれだぞ、このままじゃ将来、絶対にダメな男に引っかかるぞ」

「引っかからない！」

めちゃくちゃ酷《ひど》いこと言われた後に「でも君が一番だよ」とか言われたら許しちゃいそうなんだよな。

「六郎こそ、そんなんじゃずーっと独身のままだよ」

「ふんっ。その時は圭次《けいじ》もこっち側に引きずり込むだけだ」

「関係ないところで新田《にった》さんに被害が……」

「そして悲しい独身男二人で、地球上のありとあらゆる幸福を妬《ねた》み、呪《のろ》い続ける」

「本当にやりそう」

有言実行が俺のモットーなのでね。どんな日常の些細《ささい》な幸せも許しません。

「いいから乗れよ。外にいると暑いだろ」

「ん」

悠羽が頷《うなず》いて、助手席に乗り込む。俺も運転席に乗って、エンジンをかける。エアコンを入れれば、すぐに冷たい風が熱を奪っていく。車を発進させると、悠羽はやけに興味深そうにこっちを見てくる。

「ほんとに運転してる。……二回目だけど」

一回目は悠羽の荷物を実家から移動させるときだった。あの日もレンタカーを運転していたが、ドライブなんて雰囲気《ふんいき》ではなかった。改めてまじまじと見て、悠羽が感動しているのも理解できる。俺だって、悠羽が運転してるのを見たら驚くだろう。

のどかな田舎道を走りながら、ゆったりと会話する。

「ちゃんと運転できてるだろ？」

「うん。すごいね」

「免許《めんきょ》自体は金払えばわりとみんな取れるんだけどな」

「そうじゃなくて。なんか、いろいろ」

「いろいろ？」

聞いても悠羽は答えない。窓の外を眺めて、風景を楽しんでいるようだ。アクセルを踏めば、すぐに家々はなくなって畑だけになる。そこを抜ければ山の中だ。両脇《わき》には木とガードレールがあるだけで、アスファルトの状態もそれほどよくない。

かすれた中央線に気をつけて、曲がりくねった道をのぼっていく。

「そういえばさ、店長が六郎とお酒飲みたいって言ってたよ」

「利一さんが？」

「そう。この間お店に来たときは、ちゃんと話せなかったからって」

「あー……どうしよっかな。酒なしなら」

「六郎、私と暮らし始めてからずっと我慢《がまん》してるでしょ。いつも頑張ってるんだから、たまにはいいんじゃない？」

「ううむ」

悠羽と暮らしてから、アルコールを一滴も摂取していないのは事実だ。それは帰りが遅くなって家に一人でいさせてしまう、という理由もあるが、あともう一つ。

酒に酔った俺が、悠羽の前で「エチエチお姉さんとエチエチライフするはずだったのによぉ」とか言い出しかねないからだ。そうなったら全《すべ》てが終わる。さすがの俺でも、そのクズ発言はごまかしきれない。

今の家には文月さんと加苅もいるから、俺が帰らなくても安全。問題は帰った後だ。酔いどれ六郎を目撃されるわけにはいかない。めちゃくちゃ遅く帰って、悠羽が寝ているタイミングを狙《ねら》うか。あるいは……。

「利一さんの家にその後泊まれるなら、ありだな。酔った状態で帰るのは危ないから」

それしかない。なんとか理由をつけて、酔いが覚めるまで悠羽と会うのを避けるのだ。

「イノシシとか出るらしいもんね。わかった。そう伝えてみる」

「いや、後で自分から連絡するよ」

「そっか。おっけー」

そんな話をしていたら、木々の向こうに目的地が見えた。きらきらと陽光を反射するグリーンの水面《みなも》。砂利《じゃり》の駐車場に車を止めて、後部座席から荷物を取り出す。

自然公園でピクニック。優雅《ゆうが》な休日、まるでサブローだな。

◇

「反対側持ってくれ。そう、広げたら四隅《よすみ》に荷物置いて固定」

「おっけー」

こんなど田舎の自然公園、しかも平日の真っ昼間に人がいるはずもない。贅沢《ぜいたく》にも芝生《しばふ》広場のど真ん中にある木の下に陣取《じんど》って、湖の見える位置に腰を下ろす。

クーラーボックスで冷やしておいた飲み物を出して、一息つけば極楽《ごくらく》だ。

こんなにゆったりと気を緩《ゆる》めるのは、いつぶりだろうか。

ブルーシートに寝転んで、木の葉の間から空を見る。

「もう二度と働きたくねえな……」

「最近大変そうだもんね」

「近所のちびどもが獰猛《どうもう》すぎるんだよ。なんか数も増えてるし……畑仕事が恋しい」

「畑ってすごく大変って聞いたけど」

「野菜は暴れない」

俺としては笑い事ではないのだが、悠羽は面白そうにくすくす笑う。

「六郎って案外、保育園の先生とか似合うかも」

「とんでもねえ嘘つきばっかり育ててやろうか」

バレない嘘は全部オッケーの魔窟《まくつ》を作り上げ、俺を越える嘘つきを育てる。それなら面白いかもしれない。

「そんなこと言って、本当は小さい子が好きなんでしょ」

「なんか嫌な言い方だな……」

「なにが？」

「いや、なんでもない」

俺の心が汚れているせいで、変な捉《とら》え方をしてしまった。小さい子が好きって、あれっすよね。健全な大人としてだよね。

圭次相手にクズトークをしていないせいで、体内に毒素がたまりつつある。たまに吐き出さないと、トキシックな人間になってしまう。

後で電話でもするか。どうせ今頃、「奈子《なこ》ちゃんにおうちデート断られたぁ」とかなっている頃合いだろう。

でもって、悠羽への返答はノーだ。

「俺はガキが嫌いなんだ。鬱陶《うっとう》しいから」

「でも、ちゃんと相手してあげるんでしょ」

「だから嫌なんだよ」

見ているだけだと危なっかしくて、頑張ろうとしていると覚束《おぼつか》なくて、つい気になってしまう。そうしているうちに、だんだん向こうは「こいつは面白い大人だ」と、好奇心をむき出しにして襲《おそ》いかかってくる。

その相手をすることが、いかに疲れることか。

「素直じゃないんだから」

「うっせ」

寝転がる俺の眉間《みけん》に、悠羽の指が触れる。ひんやりとした感触なのは、ペットボトルを握っていたからだろう。

柔らかくて嫌な気分はしなかったが、形式上しかめっ面《つら》をしておく。面白そうに見下ろして、悠羽はなおも戯《ざ》れ言《ごと》を続ける。

「六郎はきっと、いいお父さんになるよ」

「まーたわけのわからんことを」

「子供のこと、すっごい溺愛《できあい》しそう。反抗期来たら泣いちゃうかもね」

「仮に子供なんてできたら、ライオンのごとく谷へ突き落としてやるよ。上がってきたらまた突き落とす」

「上がった方を育てるんじゃないんだ……」

これが次の時代を席巻《せっけん》する『賽《さい》の河原《かわら》式子育てメソッド』。

めちゃくちゃ強靭《きょうじん》な人間が生まれるか、全てに絶望した人間が生まれるかの二択《たく》だ。

「親になるなんてごめんだ。自分のことで精一杯《せいいっぱい》なのに、子育てなんかできるかよ」

「でも、家族がいたら嬉しいよ」

「………」

俺はなにも答えなかった。

目をつむっても、口元には自然に笑みが浮かんでくる。

「なんで笑ってるの。絶対ちょっとバカにしてるでしょ」

「してないしてない」

あれだけ歪《いびつ》な家に生まれて、まだ家族を美しいと思える悠羽を、人は愚《おろ》かだと思うだろうか。それとも、純粋で美しい心の持ち主だと思うだろうか。

違う。

彼女は無知なのだ。なにも知らない。

悠羽にとって三条《さんじょう》家は、離婚問題を抱えているが、それでも大切な家族なのだ。かつての美しい記憶がちゃんとあって、家族というものに絶望していない。

俺が他人であることも知らず、母が不倫《ふりん》していることも知らず、父が病《や》んでいることも知らない。

俺が、母が、父が、彼女にだけは嘘を貫《つらぬ》いた。

お互いに嫌い合い、もはや憎《にく》み合っている俺たちが、ただ一人、彼女のことだけは大切に思っていた。その一点でのみ、俺たちは力を合わせることができた。

サンタクロースの正体を隠すように——そんなに綺麗なものではないけれど、確かに同じものを見ていた。

その結果が、先の発言だというのなら。

積み上げてきたすべての嘘は、無駄ではなかったのだろう。

両手で反動をつけて起き上がる。

「飯《めし》食うか。その後は軽く散歩でもして、日が傾く前に帰るって感じで」

「うん。あ、ちょっと待って――スマホ鳴ってる」

「電話か」

「そうみたい。たぶん友達だと思うんだけど……あ」

液晶画面を見た悠羽の顔が、目に見えて動揺の色に染まる。

腹の底に、なにか鈍《にぶ》い痛みが走る。本能的な部分で、それが誰からの電話か――二択まで絞《しぼ》られたのだ。どちらにせよ最悪な二者。

三秒考えて、それは一つに絞り込まれた。答え合わせは、悠羽の口から。

「お母さんから。……出てもいい、よね」

「俺が出てもいいか。面倒《めんどう》なことになりそうだ」

「でも、私にかかってきた電話……」

言いながら、悠羽も不安に思っているようだ。

俺と暮らすようになってから、少しだけあの日のことについて話した。

俺があの親たちを脅《おど》してつかみ取った、悠羽の決定権。どうやって生きていくのかは、すべて彼女に委《ゆだ》ねる。親側から悠羽に対して交渉《こうしょう》したり、誘惑したり、あるいは同情を買うような行為は禁じている。

悠羽が自分の意思で決めるまで、俺のもとにいていい。父も母も、どちらも選ばないならそれも構わない。

なのに接触してきたということは――

「ごめんな悠羽。こんな言い方はしたくないけど、大人の事情ってやつがあるんだ」

スマホには親の連絡先がある。そこから接触してくる可能性はあった。

たとえ金に余裕がなくとも、早々に契約を解除させておくべきだったのだ。そこの金だけは、出し渋るべきではなかった。

自分の詰めの甘さに嫌気が差す。人のことなど言えた立場ではない。

「ねえ六郎。一つだけ答えてくれる？」

「質問による」

「それは私が傷つくから言えないの？　それとも、六郎が傷つくから言いたくないの？」

「俺が傷つくからだよ」

そう答えればきっと折れてくれると確信して、即答した。自分の気持ちがどちらなのか、俺にもはやわからなかった。どちらも同じくらい、そうなのだろう。

予想通り、彼女は頷いてくれた。差し出されたスマホを受け取る。ロックは既にとけていた。

「わかった。じゃあ聞かない」

「悪いな、自分勝手な理由で」

「ううん。六郎が嫌だって思うことを、私はしたくないから」

「ちょっとゆっくりしててくれ。すぐ戻る」

靴を履《は》いて湖の方へ走って行く。柵《さく》のところまで行けば、もう悠羽に会話が聞こえることはないだろう。

しつこく鳴り止《や》まず、繰り返しかけ直される電話に出る。

「もしもし」

「あら、悠羽じゃないのね」

電話の向こうにいる女は、驚いたような口をきく。が、そのトーンは明らかに落ち着いたものであった。

一カ月半前に奇襲《きしゅう》を仕掛けたときは、ただ目を白黒させるだけだったというのに。

内心で舌打《したう》ちする。俺が出ることも想定内。ということはつまり、俺が出ても問題ないということだ。

俺が悠羽との生活を成り立たせるのに四苦八苦《しくはっく》している間、こいつは俺から悠羽を取り戻すための算段を立てていた。

このままではまずいと思って、咄嗟に相手の感情を乱しにかかる。

声のトーンを、感情の波を切り替える。この話し合いに勝つための人格を纏《まと》う。

「いやいや。私が悠羽だよ。声変わりしたからわかんない？」

「不愉快《ふゆかい》な冗談はやめなさい」

怒気《どき》を孕《はら》んだ答えが返ってきたから、冷えた笑いを返す。

「しばらく会ってないから、娘の声なんか忘れたんじゃないかと思ったよ。で、新しい男とは順調？　今度こそ幸せな家庭ってやつを築けそう？　それともう、ネクスト不倫候補まで見つけてる感じ？」

言葉の裏に刃《やいば》を潜《ひそ》ませて、矢継《やつ》ぎ早《ばや》に感情を逆撫《さかな》でするような問いを投げる。

「女としての寿命《じゅみょう》なんかもうすぐ終わるんだから、子供のことなんて無視して男に媚《こ》び売ってるほうが幸せになれると思うんだけど、そこんとこはどうなの？」

「本当にあなたは口が悪いわね。いったい誰に似たのかしら」

「さあね。子供は親の影響を強く受けるって言うから、どっちかじゃない？」

「三条ね」

「へえ、もうお父さんのことは苗字《みょうじ》でしか呼ばないんだ」

「そうよ」

淡々《たんたん》とした口調で言われて、しまったと思う。この話題では崩《くず》せないか。

次の手札を切るより早く、向こうに返されてしまう。

「悠羽を養うのは大変でしょう。お母さんが引き取ってあげるから、六郎は安心して自分のために暮らしなさい」

首筋に牙《きば》を突き立てられるような心地がした。

「あいにく俺は昔っから優秀なもんでね。悠羽一人養うくらい、なんてことはないさ。もらってる十万は全部貯金にぶち込んでるしな」

「お洋服は買ってあげられてるの？　ご飯はちゃんとしたものを食べてるの？　お休みの日には遊びに行ったりしているの？　あなた一人で、悠羽を大学まで行かせてあげられるの？　できないでしょう」

鉛《なまり》のように降りかかる言葉が、的確に心へのしかかる。これぱっかりは、どれだけ悠羽に否定してもらっても消えない。

ちらつくのは、母の部屋から見つかった大量の装飾品。俺でも名前を知っているブランドがいくつもあった。今の相手は、きっと金のある男なのだろう。

本能が察する。これはもう、理屈の争いではないのだ。意志をへし折らない限り、この女は引き下がらない。

「いいんだな、あんたがしてきたことを悠羽に伝えても」

「ええ。あなたが血の繋《つな》がらない人間だとバレてもいいなら、好きにしなさい」

その返答は薄々《うすうす》予感していたはずなのに、喉《のど》の奥でなにかが詰まった。懐《なつ》かしい記憶だ。埃《ほこり》とカビの味がした。

『この子は私たちが幸せにする。國岡《くにおか》家へ、ようこそ六郎！』

血が繋がっていなくとも愛すると決めたから、家族になったのではないのか。

――そんな甘えた思考がよぎって、強く唇《くちびる》を噛《か》む。

「私はずっとお父さんから酷い言葉をかけられてきた。暴力だって裏で振るわれてきた。そういうことにすれば、あの子もわかってくれるわ。優しく私たちを守ってくれる人がいる。それ自体は、嘘ではないもの」

「外道《げどう》が……」

「そうね。でも、兄は偽者《にせもの》、父はズタボロ、母まで奪ったら、あの子はもうどこにも行く場所がない。だから六郎。あなたはなにも明かせない」

「……っ」

なにも言い返せなかった。

「悠羽と話をさせなさい。電話が繋がらないなら、学校に行ったっていいのよ」

「……わかった」

それが限界だった。学校に行くとまで言われては、もはや俺に食い止められる段階ではない。

「はじめからそうしていればいいのよ。お腹《なか》を痛めて産んだ子供を、親がどれだけ愛しているかも知らずに」

「あんたのはただの独占欲だろ」

「悠羽は私の子供よ。ちゃんとした親といるのが、あの子の幸せでもあるの」

だから独占するのは当たり前だと、電話越しの女は言った。

それは昔、俺に向けていた感情だったのだろう。一回目の離婚で、俺は愛されていたから連れて行かれたのではない。彼女の私物として認識されていたから、連れて行かれたのだろう。そして所有物は新しいオモチャの出現によって、その価値を落とした。

この人にはなにを言っても無駄なのだ。

それは俺が受験を諦めた日に感じた無力感と似て、あまりに虚《うつ》ろな絶望。同じ言葉を使っているはずなのに、たった一つの共感も覚えない。

この化物《ばけもの》の止め方を、俺は知らない。

苛《いら》ついて、自分の顔に爪《つめ》を立てる。なにも浮かばない。

その時、後ろから肩を叩かれて、手からスマホが消える。突然軽くなった右手が、行き場もなく空《くう》を切った。

「代わるね」

白いワンピースが風になびいて、いつの間にか隣には悠羽がいた。

電話に向かって何度か頷きながら相づちを返すと、彼女ははっきりした口調で言った。

「よかった。お母さんは大丈夫なんだね。うん。六郎のことは私に任せて。二人で元気にやってるから、心配しないで大丈夫」

その後もなにか話していたようだが、簡単に、

「私は六郎といるから。お母さんも元気でね」

とだけ言って悠羽が電話を切る。

それから彼女は、何事もなかったように俺の手を引いた。

「お腹空《す》いた。ご飯食べよ」

「……え、あ、おう」

さっきまでの言い争いが嘘のように、夏の陽気な太陽が俺たちを照らしている。

「なに驚いてるの？　変な六郎」

透き通った綺麗な声が、鼓膜《こまく》を優しく揺らした。くすくすと悠羽が笑う。立ち尽くす俺は、彼女から目を逸らせない。

知っている感情だ。懐かしい音がする。

鳴らしてはいけないリズムで、心臓が脈を打った。

◆

昼食を取って少しして、六郎はブルーシートの上で眠りに落ちた。

連日の疲れと、先ほどのことで安心したのもあったのだろう。ごろんと横になって、悠羽になにも言わず寝息を立て始めた。

無防備に寝顔を晒《さら》す青年の前髪を指先でつまんで、そっと持ち上げる。

「ぐっすり寝ちゃって。私は暇《ひま》なんだぞー」

相変わらず、だだっ広い公園には悠羽たち以外に誰もいない。二人きりの時間は、静かで心地よかった。

子供みたいに気持ちよさげに眠る六郎を見下ろし、そういえば、ちゃんと寝顔を見ることは滅多《めった》になかったなと思う。

クーラー問題があるため、二人は同じ部屋で眠っていた。が、就寝時間は六郎のほうが遅く、起床時間は悠羽のほうが遅い。寝顔を見られるのは、一方的に悠羽であった。

「ぐぬぬ……」

そんなことを考えていたら、少し恥《は》ずかしくなり、なぜかムカついてきた。

人差し指を六郎の頬に突きつけ、ドリルみたいに回転させる。

「乙女《おとめ》の寝顔はただじゃないんだぞぉ」

夢まで声が届いたのか、露骨《ろこつ》に不愉快そうな顔になっていく。このままでは起きるかもしれない、と手を離す悠羽。

退屈になって、自分もブルーシートに寝転がる。白いワンピースが汚れないように、入念に土は払ってある。主に六郎が手を使って全体を確認していたので、安心だ。

横向きに寝転がって、少女は目を閉じる。

（大丈夫だよ。私はいなくならないから）

言葉は伝えないけれど、思いだけは伝わってほしい。

六郎のことを一人にはしない。この瞬間、彼のことを支えられるのは自分しかいないのだと。

悠羽の中に新たな感情が芽生《めば》えていた。

母との電話で、苦しそうに歪《ゆが》んだ横顔を見て思ったのだ。

――この人には、私がいなくちゃだめなんだ。

電話の内容は、聞かずともわかった。母から「一緒に暮らさないか」と誘われるのだろう。同じ兄妹のはずなのに、また、悠羽だけが連れて行かれる。

六郎を愛さない両親を、もはや信頼することはできなかった。霧《きり》のような不信が心に広がって、怖いなと思う。きっと同じようなことを、彼も思っていたのだろう。悠羽が勝手に電話を代わる直前、六郎の顔には怯《おび》えが見て取れた。

彼は決して、強い人ではない。

強くなることでしか、生きられなかった人だ。

もしもちっぽけな自分が隣にいることで、一つでも六郎に絡《から》みつくものを遠ざけられるのなら。ここにいよう。自分と離れることを辛《つら》いと思ってくれるのなら、どんな誘いだって断ろう。

必ずここに帰ってこよう。

いつか、彼のことを守ってくれる誰かが現れるその日まで――

◇

母親の部屋にあった、俺と悠羽と母の三人が映った写真。

小さかった頃の俺たちが、抱きしめられているあの写真は、父親が撮影したものだ。家族みんなで遊園地に行った。あの頃は、まだ四人での幸せが成立していた。

母親の不倫で悠羽が生まれたとはいえ、その時の俺は三歳だったのでそれがどんなものかわからなかったのだ。おぼろげにある記憶の中に、二番目の父親の顔は存在しない。

無知こそが幸せの条件だと思う。

知ることにはなんの価値もない。

ガキの頃から、うっすらと自分は悠羽より愛されていないと感じていた。ちょうどその頃、周りの子供も「自分の親は偽者だ。橋の下で拾われたんだ」とか言っていた時期で、なんとなく俺もそうではないかと思ったのだ。

もっとも、周りの子供はお説教の延長とか、親への反抗でしかなく、バリバリ血縁関係ではあったのだが。

俺のところは、本当だった。

家族のアルバムは、悠羽が生まれた年からしか存在しなかった。年上であるはずの俺の写真も、三歳以降しかない。父親が記念写真を残すタイプだと気づいた時点でうっすらと嫌な予感がした。

当時から手癖《てくせ》の悪かった俺は、母親の私物を漁《あさ》って——ついに見つけてしまったのだ。

生後一年ほどの俺を抱きかかえ、知らない男と仲睦《なかむつ》まじく撮影した写真を。

写真には、油性のペンで一文添えられていた。

『この子は私たちが幸せにする。國岡家へ、ようこそ六郎！』

知らない苗字と、俺の名前。

よく知っている母の顔と、見たこともない男の顔。

クラスのませた女子たちが話している、不倫という文字が頭に浮かんだ。昼ドラの影響で、当時の俺にとっては離婚よりも不倫のほうが身近な単語だったのである。小学生特有の偏った知識が、仇《あだ》となった。

あとはもう、流れるように全てが明らかになっていった。

まだ鈍感《どんかん》な小学校低学年だったのが幸いして、そこまでの傷は負わなかったけれど。あと数年発覚が遅ければ、俺はそこで壊れてしまっていただろう。

自分は偽者だと、異物だと実感していく中で一つ、強く思ったことを、今も覚えている。

——悠羽にだけは、知られたくない。

あの頃の俺は、それがひどく惨《みじ》めなことに思えた。両親と血の繋がっている悠羽と、繋がらない俺では、俺のほうがずっと劣っている気がした。バレないように悠羽を疎《うと》んで、必死に遠ざけようとした。

けれど彼女は、俺を追いかけることをやめなかった。俺を大切に想うことを諦めなかった。

彼女だけが、俺のために泣いてくれた。

だからこそ、思う。

——悠羽にだけは、知られたくない。

偽者だっていい。嘘だっていい。悠羽にだけは、信じていてほしい。

この世界でたった一人、俺のことを家族として扱ってくれる人がいてくれたら。

それだけで、生きていたいと思えるから。


オレンジ色。

日が傾いている。思ったよりも長い間眠っていたらしい。

日陰《ひかげ》にいたはずなのに、陽《ひ》の光が顔に当たっている。眩《まぶ》しくて目を細めると、すぐ近くに見慣れた寝顔があった。お互いの寝相《ねぞう》が嚙み合って、見つめ合う形で昼寝をしていたらしい。

悠羽は気持ちよさそうに、少し抜けた顔で眠っている。

「……よく寝てるなぁ」

自分でも不思議なくらい穏《おだ》やかな呟《つぶや》きがこぼれる。

俺が悠羽を守っているんじゃない。俺はずっと、守られ続けているのだ。

してやる。

綺麗な黒髪が垂《た》れて、小さく開いた口に入りそうだ。手を伸ばして、それをすくって元に戻

その途中で、手のひらが彼女の頬に触れた。

パチッと、大きな目が開く。焦点《しょうてん》の定まらない瞳が、その中心に俺を捉える。

「ろく、ろう……?」

時間が止まった。そんな気がした。

寝ぼけているのか、悠羽はへにゃっと笑う。幼く崩れる表情は、子供の頃から見てきたものだ。懐かしい。けれど、湧《わ》いてくる感情はそれだけじゃない。

何度か瞬《まばた》きを繰り返して、徐々《じょじょ》に悠羽が覚醒《かくせい》していく。

「……あれ。私、寝てた?　うわっ、もう夕方じゃん!」

釣られて俺も正気に戻った。慌てて体を起こし、唾《つば》を飲み込む。

息を深く吸って吐けば、湧き上がってきたなにかは収まっていく。大丈夫。自分に言い聞かせる。いったいなにが大丈夫なんだ。そんなことは考えたくもない。

「そろそろ帰るか」

疲労のせいだ。そう思うしかない。

あんなに悠羽が綺麗に見えたのは、きっと。

　文月さんの家に帰って、夕飯を食べ、風呂に入って自分の部屋に戻る。

　それ以降はいつもと同じように、英語と格闘だ。明日には、文月さんが言っていた外国人の客が来るという。どこまで自分の英語が役に立つのか、試してみたい。

　結局、勉強だけじゃ足りないんだろうな、とは思っている。

　大人のための英会話教室、なんてのも最近はあるくらいだし、紙の上で学べることには限界がある。

◇

　その意味で、明日からの数日は大事にしたい。

　観光案内の依頼もされているので、ちびたちの相手は、その間はお預けだ。

　辞書を片手に英字新聞を読んでいると、入り口がノックされた。悠羽の部屋からではない。というか、ノックの威力《いりょく》でわかる。加莉だ。

「ロクくん、今からお話しできる？」

「もうちょい待ってくれ。キリついたら行く」

「ほほーい。居間で待ってるよん。悠羽っちは来れる？」

「はい。大丈夫です」

　夜なので加莉の元気も控《ひか》えめだ。ずっとああだったら、もうちょっとあいつとも仲良くやれる気がする。

ま、これ以上仲良くしたいとかは思わないので、どうでもいいのだが。

政治に関して書かれた文章をいちおう最後まで読んで、立ち上がる。

理解できたのは甘く見積もって四割くらいだ。海外の情勢については、基礎知識がないと読めない部分が多すぎる。

英語で仕事をとろうと思ったらそういう知識も必要なんだろうな。

「時間が足りねえ……」

学ぶべきことは山のようにあるのに、一日に進められる量は微々たるものだ。こればっかりは仕方がない。仕方がないが、焦《あせ》りはある。

ため息を吐いて部屋を出て、居間へ移動する。

ちゃぶ台を囲んで、悠羽と加莉が向かい合っていた。

「でねでね、利一さんがね……」

と、加莉が熱心に話しているのは彼女の思い人についてだ。他の女子もそうなのかもしれないが、加莉の恋バナは特に熱量が凄《すご》い。付き合っているわけでもないのに、際限なく惚気《のろけ》続けてくる。俺なら三分で限界がくるハイカロリー。彼女の恋は砂糖と油でできている。

だが、悠羽も女子だから耐性というか共感というか、なにかがあるのだろう。こくこく頷いて、真面目に恋バナを受け止めていた。

　そんな中に俺の登場。ちょっと気まずい。

「終わったから来たけど、タイミング悪かったか？」

「全然そんなことないよ。ロクくんにも聞いてみたいんだけど、利一さんの髪型って、結んでないときのほうがキュンとしない？」

「男にキュンとしたことがないからわからん」

　気を遣《つか》った俺が馬鹿《ばか》だったらしい。

　スペースが三等分になるような場所に座って、あぐらをかく。

「じゃあさ、あさ、あたしは結んでるのとそうじゃないの、どっちがいい？」

「興味ねえなぁ」

「すーぐそうやって心を閉ざす！　世界は君に笑いかけてるぞ！」

「俺が暗いみたいな言い方やめろ」

　興味のないやつに興味ないと言っているだけだ。他意はない。

「なら悠羽っちの髪型だったら、なにがいいと思う？」

「悠羽……？」

　二人の視線を受けて、少女はぴっと背筋《せすじ》を伸ばしていた。口もきゅっと結んで、少しばかり緊張しているようだ。

「そういえばお前、髪結ばなくなったよな」

久しぶりに会って以来、悠羽が髪型を変えたのを見たことはない。最近では少し伸びてきて、セミロングとロングの中間くらい。そのままでも似合ってはいるが、なにか心境の変化でもあったのだろうか。

「せっかくだし、悠羽っちの髪型で遊んでみよう！」

「あの、なにかお話があるんじゃ……」

「そんなことはどうでもいい。おい加茹、リボンと髪留めありったけ持ってこい」

「らじゃらじゃザウルス！」

「え、六郎まで？」

勢いよく居間から飛び出していく加茹と、びっくりした顔の悠羽。なんだその、マトモ枠《わく》だと思ってた人が変人だったことに気づいちゃった、みたいな顔は。

確かに普段の俺の行動からは、想像できないだろう。だが、これはいい機会なのだ。

「今後の参考にするから、ちょっと加茹のオモチャになってくれ」

「なんの参考にするつもり」

「俺が傷つくから言えない」

「そんな雑な逃げ方ある!?」

必要とあらば、こういう雑な手段も使います。ほんと俺って最低。

本当のことをいえば、悠羽へのプレゼントを選ぶときのためだったりする。前回は彼女自身にアシストしてもらったが、次はそうもいかない。一緒に暮らしていれば、これからもそういう機会は訪れる。

情報を仕入れておくに越したことはない。

廊下を爆走して、加茹が戻ってくる。

「これ、ありったけです！」

机の上にどさっと置かれる髪留め、シュシュ、ただのゴム紐《ひも》、あとなんかいろいろ。男の俺は名前も知らない小物の数々。

「利一さんがくれたやつじゃなかったら、何個かあげられるよ」

「へえ。そんなのプレゼントされたんだ。けっこう脈ありそうじゃん」

「ふふふ。クリスマスの半年前から圧《あつ》をかけてもらったのじゃ」

「脈潰《つぶ》れちまうって」

なんでそこで猫かぶれないんだよ。秘《ひ》めろよ恋心。恥じらえよ乙女。

「ねえ六郎。もしかして、クリスマスもプレゼントくれるの？」

目をぱちぱちさせて、悠羽が小首を傾《かし》げる。まずい。バレた。

「…………」

「じーっ、あ、これ図星の顔。あたしわかるよ、ロクくんのこの顔は、完全にやられた時の顔だって」

「うるせえうるせえ。誰もそんなこと言ってないだろ」

「ふへへ。そんな恥ずかしがらないで、素直に言っちゃえばいいのに」

「笑い方キモいんだよ。オタクかお前」

「ひひひっ」

「化物じゃねえか」

山姥《やまんば》みたいな笑い方をする加苅から逃げれば、反対側にいるのは悠羽だ。

彼女はせっせと髪を結んで見せてくる。後ろで縛《しば》った束を左肩から垂らして、人気のカフェにでもいそうな、洒落た髪型だ。

「どう？」

「いや、だから別に、そういうのを買うとは一言も言ってないわけで……」

「違うの？」

一転してめちゃくちゃ悲しそうな顔をする悠羽。

慌てて両手をばたつかせて否定する。

「いや買う。買うから。めっちゃ参考になってるぞ」

「似合う？」

「似合ってる。その髪型もたまにやったらいいいんじゃないか」

「……そっか。えへへ。やってみるね」

俯《うつむ》き気味ではにかんで、大事そうに髪を撫《な》でる少女。その頬が、ほんのりと赤い。よほど嬉しかったらしい。

それはそれとして、俺はなにをやってるんだ。無様《ぶざま》に動揺して、普段なら絶対に言わないようなことを言ってしまった。ああもう、ほら、加茄がとんでもないビッグスマイルを浮かべている。

「へえ、ロクくんって悠羽っちにはこんなに弱いんだ。いいこと知っちゃったあ」

「それ以上調子に乗ったら、利一さんにあることないこと吹き込んで、お前の印象を地の底に叩き落とす」

「そんなのあたしと利一さんの仲には通用しないもん！　運命の赤い糸をなめるな！」

「運命の、赤い、糸だぁ？　んなもんあるわけねえだろうが。メルヘンも大概《たいがい》にしやがれ。じゃないとお前、近いうちにメンヘラになっちまうぞ」

「あーでたでた。上手《うま》いこと言ってやったシリーズ。すーぐ調子に乗っちゃってわかったようなこと言っちゃってさ。世の中には、素敵な夢とラブとピースがあるんですぅ」

「小学生と戯《たわむ》れてたら、思考まで小学生になっちまったかぁ。まるで話が通じねえや」

「ムキイィッ！」

「グギギギッ！」

流れるような言い合いに発展する俺たちの間に、悠羽が両手を差し込む。

「ストップ！　二人とも落ち着いて！」

情けない俺たちは、いつも通り年下に仲裁《ちゅうさい》してもらって落ち着く。

まじでなんなんだ、こいつの絶対喧嘩《けんか》したくなるなにかは。相性が悪すぎるのか、良すぎるのか。少女マンガだって最近はここまでやらんぞ。

「六郎はしばらく黙って！　美涼さんは、そろそろ話をしてください！」

「そうだよ！　そのために集まったんじゃん」

「加茢が変なこと言うから」

「六郎！」

「……っす」

ぴしゃりと叱《しか》られたら、黙るしかない。そんな俺の様子を見て、加茢はまたけらけら笑っている。非常にムカつくが、俺は大人なので見逃してやるとしよう。そう。俺は大人なのだ。

こんなクソガキと、同じ土俵《どひょう》で戦ってやる必要はない。

大人しく腕組みして黙る。加茢は正座に座り直して、背筋を伸ばした。

その顔は、さっきまで喧嘩していたとは思えないほど真剣だ。

「ロクくん、悠羽っち。二人とも、お祭りをやる側になってみない？」

「交渉、上手くいったんだな」

俺がパワーポイントを作って、加茢が大人たちと話し合った。あれが成功したらしい。加茢はにかっと歯を見せる。

「そう。ロクくんに作ってもらった、あれのことです」

「あれってなんのこと？」

肘《ひじ》をつついて、悠羽が聞いてくる。

「ほら、俺が徹夜して作業してたときの。あれの内容がな、今年加苅たちがやりたいこと、そのために準備してきたこと、ビジョンとかをまとめてたんだ。要するに、大人たちを説得するための資料作りだな」

「やっぱり交渉とかになると、ロクくんが一番上手いからね。ちゃんと報酬《ほうしゅう》出すから、文句ないでしょ」

「頼むぞほんと。秋以降の食糧《しょくりょう》事情は、お前にかかってるんだから」

「任せなさいな」

さすがに加苅から現金を受け取るのは生々《なまなま》しいので、代わりに米と野菜を送ってもらうことになっている。女蛇村では農業が盛んなので、売れないものをもらえればだいぶ家計が助かる。というわけだ。廃棄物《はいきぶつ》も減って地球にも優しい。SDGsもちゃんと考えるタイプの嘘つきでありたいと日々思っています。

パワーポイントの正体に納得する悠羽。続きは加苅が説明する。

「一昨年《おととし》は学生たちでこの村の伝承《でんしょう》について演劇をしたんだ。その時は地元のお爺《じい》ちゃんお婆ちゃんしかいなかったけど、ＳＮＳにも流したら、地元のテレビ局が来てくれてね。

去年はお祭りに人を集められるように宣伝して、境内《けいだい》で演劇をさせてもらったんだ。それ以外にも、屋台の手伝いをさせてもらったり、行灯《あんどん》を置くのにも参加して。ちょっとずつ、主催側に食い込んでるってわけ」

そこまでで一度切って、すうっと息を吸う。拳を強く握って、決意を示すように加莉は宣言した。

「そして今年は、あたしがリーダーになって屋台を一つ出します！」

「おおっ……」

引きつけられるように前傾姿勢になる悠羽。

「そのために、二人の力を借りられたらいいなって！　夏の思い出にも、どうかな！」

「やりたいです！」

「よく言った！」

加莉は力強く頷いて、未《いま》だに無反応の俺へ目を向ける。

「ロクくんは？」

「俺は不参加で頼む。秋にちょっとした試験があるから、仕事終わったら勉強したい。それにどうせ、当日はゲストハウスが忙しくなる」

文化祭じみたことに心惹《ひ》かれはするが、やるべきことを優先したい気持ちのほうが強い。

軽い相談事くらいなら手を貸せるだろうから、それはその都度《つど》って感じで。ひとまず俺は不参加という形が望ましい。

「なら仕方ないね。悠羽っち、一緒に頑張ろ！」

「はい！」

人員が一人増えたことに、嬉しそうな加莉。

悠羽もこの夏にやることができて、表情に力が漲《みなぎ》っている気がする。学校もなく、生活の不安もない最近の生活は、少し張り合いがなかったのかもしれない。充実した毎日ってのは、なかなかに難しいもんだ。

「んじゃ、そろそろ俺は戻るぞ。二人ともおやすみ」

「おやすみっ！」

「おやすみ」

左手をヒラヒラさせて、居間から出ていく。

さて、俺は俺のことをするかね。

◇

翌日、いつもより朝から気合いを入れて業務に取りかかる。チェックアウトと掃除を一通り済ませて、昼からは来たる外国人に向けて心を整える。

ただ待っているのも落ち着かないので、落ちそうなカレンダーを直したり、本棚を整理したり、細々《こまごま》した手入れをする。

話に聞いていた客が来たのは、昼の三時を少し過ぎた頃だった。

大きなキャリーバッグを転がして、遠目からでも日本人ではないとわかる。白い肌に金髪、がっしりした体軀《たいく》で、俺に気がつくといきなり手を振ってくる。

こ、これがアメリカンコミュニケーション……などと狼狽《うろた》えつつも、荷物を受け取りに駆けつける。

近づきながら、男はにこやかに口を動かす。イントネーションはやや不安定なものの、はっきり発音するから聞きやすかった。

「お世話になります。クリスといいます」

「……え、日本語すごい上手」

お迎えの言葉も忘れて、完全に停止してしまう俺。

クリスと名乗った男は、親指と人差し指を使って、ボディーランゲージと共に日本語を使いこなす。

「いえいえ。ちょっとだけです。いっぱい勉強してます」

「そうなんですか……。えっと、お荷物のほう、預からせて頂きますね」

「ありがとうございます」

半《なか》ば呆然《ぼうぜん》としながら、キャリーバッグを受け取る。ずっしりと重い。海外から来ているだけあって、荷物の量も桁違《けたちが》いみたいだ。

中に招いて、チェックインの手続き。

英語の出番はないかと思ったが、施設利用の説明文はさすがに厳しかったらしい。だが、簡単な英語を交えるとクリスさんはすぐに理解してくれた。

ううむ……この外国人、やけに日本に詳《くわ》しいな。

料金を手渡しで受け取って、気になったことを聞いてみる。

「クリスさんは、なにをしにここへ来たんですか？」

「日本のカントリー……イナカのビデオを撮りに来ました」

やや不安そうに田舎という単語を使う。合っていることを頷いて示して、会話を続ける。幸いなことに、向こうも話しかけられて嬉しそうだ。

「それはお仕事ですか？　趣味ですか？」

「仕事です。昔は趣味だったけど、今では仕事になりました」

「好きなことが仕事になったんですね」

「はい」

共用リビングの椅子《いす》に座ってもらって、俺はキッチンのほうへ足を向ける。

「コーヒー好きですか？　紅茶もありますけど」

「コーヒーがいいです。苦いが好きです」

「わかりました。少々お待ちください」

ポットからお湯を出して、インスタントの粉を溶かす。大したものではないが、ゲストハウスならこんなもんだろう。安いからこそ、旅らしい味も出るというものだ。

コップを二つ持っていって、それぞれの場所に置く。クリスさんはぺこっと頭を下げて、「ありがとうございます」と言ってくれる。

「それで、お仕事はなにをなさっているんですか？」

「動画クリエイターをしています」

「最近流行《はや》ってますよね。自分もよく見てます」

「はい。私は日本のカルチャーをもっと世界に広めたいと思っています。だから、ここに来ました」

ニコッと歯を見せて笑うクリスさん。

そういえば、彼は何歳くらいなんだっけ。顔つきが日本人とはまるで違うので、外見からは推測《すいそく》できない。肌にはシワがなく、表情も明るいからずいぶん若く見える。

動画クリエイターを仕事にして、日本語もこんなに上手くて、さすがに同い年ってことはないよな……。と宿泊者名簿を確認。

三十四歳という数字に、思わず目を見開いた。俺との年齢差は十四。あと十四年で、俺はこの人みたいになれるだろうか。クリスさんの凄さに、軽く打ちのめされる。現実って怖い。

なんとか気を取り直して、会話を続ける。

「観光案内を希望されていましたよね。明日からでいいですか?」

「よろしくお願いします」

「はい」

端的《たんてき》な返答をしっかり返してくれるから、そのへんの日本人より圧倒的に話しやすい。最高だよクリスさん。できれば英語で話したいけど、そりゃ日本好きだったら日本語喋《しゃべ》りたいよな。俺が英語使いたいのと一緒。なら仕方がない。

「ご飯を食べる場所、いくつか紹介しますね。好きなものはありますか?」

「居酒屋へ行ってみたいです。地元の人がたくさんいる、聞きました」

「それでしたら、歩いて五分ほどのところに一軒あります」

地図を広げて、現在地と目的地にペンを当てる。道順は簡単だ。ここを出て左に進み、突き当たりを右に行けば見える。

「ありがとうございます」

結局その後も、クリスさんは英語を使わなかった。

◇

「どしたの六郎、どんよりして」

「いや、なんつうか、現実って思ったようにいかないなぁと」

夜。いつものように、空《あ》いた時間に悠羽が話しかけてくる。

お互いの仕事について話すのは、俺たちの日課になっている。女蛇村に来てから、明らかに雑談する時間は長くなった。他に暇を潰す方法がないからだろう。

「やなことあった？　話聞くよ」

「別に嫌なことじゃないけど……お客さんの外国人が、めっちゃ日本語喋れて驚いてる」

「めっちゃ喋れるんだ」

「おう。めっちゃ喋れる」

さっきまで英語を勉強していた脳なので、日本語力が著《いちじる》しく低下している。今ならクリスさんに負ける自信ある。

「その人はなにしに来たの？」

「動画撮って日本の魅力を広めるんだとさ。あれは完全に趣味のつもりでやってる仕事だな」

俺が他の業務に移った後も、クリスさんはリビングで日本の本を読んだりしていた。俺が帰るときには、キャリーバッグに入れて持ってきていたドローンの整備もしていた。そしてそれらのどの瞬間も、彼の目は輝いていた。

あんなふうに仕事ができたら、幸せなんだろうなと思う。

ただ生きるためではなく、働くことで心まで満たすことができれば。

「じゃあ、美涼さんと相性いいかもね。その人」

「言われてみればそうだな。そうか。加苅を呼べばいろいろスムーズにいくのか」

「もしかして今の、ナイスアイデア？」

「ああ」

褒めてほしそうに上目遣い《うわめづか》で見てくるので、大人しく頷いておく。ここで変な意地を張ると、後で面倒だ。悠羽には適度に従う。そうすれば大丈夫。

それが、昔からの接し方だったのだが。

今日はなぜか、肯定だけじゃ足りなかったらしい。まだじっと俺を見て動かない。

「どうした」

「まだ褒めれるよ」

「というと？」

首を傾げると、少女はむっとしたように唇を尖らせた。蛍光灯《けいこうとう》の光が当たって、妙に色っぽい。

だが、いや、キスとかじゃないよな……。うん。それは違う。やばい、まじでわからん。女心って難しい。

しばらく眉間に手を当てていると、痺《しび》れを切らしたように悠羽が言う。その頰は、涼しい夜にしては赤い。

「頭、撫でさせてあげる」

「あたまなでさせてあげる？」

「言い直さなくていいから！」

「いや――ちょっと理解できなくてだな。え、お前マジで言ってる？」

「あーもうやだ！　もういい！　こんなの耐えられない！」

ますます顔を赤くして、俺の部屋から出ていく。勢いよく襖が閉まって、どたどた音がして向こうの電気が消える。

残された俺は一人、目蓋をパチパチさせるのみだ。

頭、撫でていいんだ。

上手くまわらない脳で、それだけを何度も繰り返した。

◆

唖然《あぜん》とする六郎から逃げて、悠羽は自室の布団《ふとん》の中に転がり込んだ。タオルケットを頭から被《かぶ》って、小刻《こきざ》みにぷるぷる震える。

——頭、撫でさせてあげる。

自分はなにを言っているのだろう。普段ならまず考えられない発言だ。

最近、おかしい。

六郎を見かけると自然に体がそっちに引きつけられるし、一日の終わりには早く隣の部屋に行きたくてそわそわする。おまけに二人で話していると、ふわふわして、なぜか心臓が早く鳴る。

(これじゃまるで……恋してるみたいじゃん)

そんなはずはない、と頭では理解している。これはこの不可思議な状況が生み出した錯覚《さっかく》だ。悠羽ぐらいの年頃の女子は、大人の男性に憧《あこが》れる。頼りになる背中だったり、同年代の男子に比べて理知的な振る舞いだったり、そういった数々の大人らしさが魅力的に映るのだ。

そして二年ぶりに会った六郎は、記憶の中にある姿から大きく成長していた。

脆《もろ》さは時折垣間《かいま》見えるものの、背中は大きく、しっかりと悠羽のことを引っ張ってくれる。かつての姿を想像していると、ドキッとするほどたくましかったりする。

異世界除霊師
及川シノン　イラスト/さかなへん

ダッシュエックス文庫
異世界の終わりは、初恋の続き。
さちはら一紗　イラスト／北田 藻
集英社

それでも。

「見て見て利一さん。食品衛生責任者になれた！」

「よく頑張った。美凉は努力家だなぁ」

「へへんっ」

なにかを成し遂《と》げたらしい美凉がそれを報告したとき、利一がその頭を撫でるのを見て、思ったのだ。

（あれ、私もやってもらいたい！）

ただひたすらに純粋な欲望として、そう思ってしまったのだ。

素直に振る舞える彼女が、羨《うらや》ましいと思ってしまったのだ。


その結果が、あれである。

どうして自分は、頭を撫でられることに強烈な憧れを抱いてしまったのだろうか。

「ううぅ……」

六郎が悪いのだ。

彼は悠羽に対して異常に甘いくせに、昔から触れてくることはほとんどなかった。壊れ物でも扱うように、彼女に対して慎重なのだ。

頭を撫でてもらったことなど、記憶の中でも数えるほどしかない。

きっと、大切なものほど触れるのが怖くなるのだろう。そんなことは、悠羽にだって想像がつく。

だが、もどかしい。頭撫でてほしい。シンプルにそれが思考の大半を埋め尽くす。

あの不器用な男が、戸惑《とまど》いながら手を伸ばす。タンポポの綿毛《わたげ》でも触るみたいに、そっと悠羽の髪に触れる。最初は気まずそうにして、ゆっくり馴染んできて、最後はくしゃくしゃと強く撫でる。「もういいだろ」と言ってそっぽを向いて、不機嫌そうな、けれどどこか満足げな表情になる。

そういう妄想《もうそう》をするだけで、胸の奥がきゅっとなる。

枕元に置いた蛇《へび》の皮が、やけに遠く感じた。

◇

頭撫でていいのか……とか思いながら眠って、起きたら悠羽と気まずい空気になった。

なにか失言があったわけじゃない。いやむしろ、なにもなかったのがよくなかったのか。

起きてすぐ、顔を洗って歯を磨《みが》いていたら、洗面所に悠羽もやってきた。ちょうど歯ブラシをくわえていた俺はなにも言えず、悠羽も俺と出くわして表情を固くした。

お互いにキョロキョロしているところに、加莉がやってくると、

「だーん！　今日も元気にやってこー！」

寝起きとは思えないほどの活力で顔をばっしゃばっしゃと洗い始める。

いつもだったらここで俺が「朝からうるせえよ」とか言って会話の流れを作るのだが、歯磨き中である。なにも言えない。なにもできない。ガチ無力六郎の完成である。

その横で悠羽も静かに歯を磨きはじめ、完全に空気が終わった。

朝ご飯の時間に、文月さんから、

「なにかあったのかしら」

と言われるくらいには不自然な感じになってしまった。気がついていないのは加莉だけだ。彼女だけが、元気に白米を口に運んでいた。

俺はと言えば、誰か助けて……と思いながら味噌汁《みそしる》をすすることしかできない。

昨晩のあのタイミングで、迷わず頭を撫でてやればよかったのか。そうすれば、こんなふうにはならずに済んだのか。

だがしかし、俺は悠羽に触れることに抵抗がある。

そもそも人に触れるのがあまり得意ではないのだが、彼女に対しては特に躊躇《ためら》ってしまう。

昔はそんなこともなかったのだが、俺が中学に上がってからだろうか。周りで女子と男子の間が広がっていくのを見て、自然と俺も悠羽との距離を離すべきだと思ったのだ。

兄妹として近くにいるのをやめて、一人の女子として扱うべきだと思った。

俺たちは、血が繋がらない関係なのだから。あんまりべたべたしていたら、騙《だま》しているようで彼女に申し訳ない。

周りの兄妹を見たって、だんだん仲が悪くなるのが普通だった。適切な距離というものを保つべきなのだと思って、自分の中でラインを引いた。

世間《せけん》的にもあるじゃん、女から男へのボディタッチはオッケーだけど、逆は犯罪みたいな風潮。あれに倣《なら》ったところもある。

だから、その一線を向こうから踏み越えられたことに驚いている。

結局仕事の時間になって、そのことについて考えている暇はなかった。

悠羽を撫でるために必要な嘘など、俺の手札には存在しない。

それはたぶん、嘘じゃどうにもならないことなのだと、頭では理解している。ポケットの中で拳を握る。力を抜くのと一緒に、ため息がこぼれた。

もしも俺と彼女の関係に、なんの事情もなかったら——

俺だって、触れていたいよ。

第4話

お姫さまじゃいられない

　クリスさんはこの日、村を撮影すると言った。

　朝の時間はゲストハウスの中と周辺を歩き回りながら、楽しそうに動画を撮影しており、その間に俺は掃除を済ませた。

　午後になると、文月《ふづき》さんから、

「うちの宣伝にもなるから、立派《りっぱ》な仕事よ。手伝いに行ってちょうだい」

　との指示を受け、俺も同行することに。

　一日経《た》って、クリスさんは昨日より砕《くだ》けた口調になっている。俺は立場上敬語を使っているが、彼には親しみを感じていた。

　自分の好きなことに熱中している人は、見ていて気持ちがいい。

「村のこと、案内しますね」

「助かります。ありがとう」

「いえいえ。どこか行きたいところってありますか?」

「日本の田舎《いなか》だと伝えられる場所、ありますか」

「田んぼと畑と、あと神社はけっこうそれっぽいですかね。川もあるし山もあるから、わりとどこでも」

このレベルの田舎になると、どこにカメラを回しても「田舎だぁ！」とわかるだろう。問題は、女蛇村《おなへびむら》にしかない特徴があまりないというところだ。

まあそれは明日以降、加苅《かがり》を加えて解決すればいいか。結局朝はいろいろあって、なにも聞けずじまいだったからな。

「どうやって撮影するんですか？」

「ドローンを飛ばします」

「じゃあ、ここから飛ばしてもいいかもしれないですね。わりと村の真ん中なので」

俯瞰《ふかん》で撮るなら、全体像が映る場所がいい。そしてゲストハウス『白蛇《はくだ》』は、比較的その条件を満たしている。

ここの駐車場なら、ドローンの離着陸に使っても問題ないだろうし。

「わかりました。ここから飛ばしてみます」

機材を部屋から持ってくると、クリスさんは真剣な顔で準備を始める。あんまり見入っていたものだから、彼も当然それに気づいた。

高い鼻が異国を感じさせる彼は、歯を見せて大げさに笑う。

「好きですか、ドローン」

「興味はあるんですけど、高くて買えないんですよね。飛ばせる場所も限られてるし」

「はい。ドローンはお金がかかりますね。練習も難しいです」

「ですよね」

わりと真剣に、それで仕事を取れないかと考えた時期があった。だが、ドローンを買うのにかかる費用、練習するために定期的に飛ばせる場所まで行くこと。その間に稼《かせ》げなくなる金額など、いろいろ考えた末に諦《あきら》めたのだ。

結局世の中、金を稼ぐための初期投資が必要なケースが多い。

「でも、楽しいですよ」

クリスさんが変わらぬ笑顔で言った。

本当なんだろうな、と思う。

ドローンのプロペラが回転する。ゆっくりと高度を上げていって、だんだん小さくなっていく。気がつけば村を見渡せる高度に達して、ゆっくりと前後左右に移動している。

どんな映像が撮れるのだろう。

「これはオープニングです」

「なるほど」

おそらく、今撮っているものにＢＧＭやタイトルを入れて動画を始めるのだろう。

そういうローカルカラーなものは、好んでよく見る。スローライフなんかが最たる例だ。きっと彼の動画も、俺好みなのだろう。後でチャンネルを聞いてみようか。

「クリスさんは、どうして日本に来たんですか?」

「ワイフ……妻が日本人なんです」

「ああ、そうだったんですね」

てっきりあの大荷物は、海外旅行だからだと思っていた。だが、今考えてみると、なるほどただの仕事道具だ。国内旅行でも、あれくらいになるのは納得がいく。

「初めて日本に来たとき、すぐハートを奪われました」

「一目惚《ひとめぼ》れだったんですね」

独特な言い回しだが、意味はちゃんと伝わってくる。知っている言葉で会話を成立させる技術も、外国語では必要なのだと感じた。

俺もこれくらいのレベルで、英語を使えるようになりたいんだよな。

「六郎《ろくろう》サンは、妻がいますか」

「いませんよ」

「妻が欲しいと思いますか」

ドローンを操作しながらだから、あまり頭を使っていないのだろう。クリスさんの問いは、適当な時間つぶしに感じる。

適当だから、嘘《うそ》を考える手間も省《はぶ》けて助かる。どうせ客と従業員の関係だ。ここで会話したことが、どこかに漏《も》れることもない。

「一人は嫌なんですけどね。結婚は難しいです」

「どうして？」

「苦手なんですよね。……こう、スキンシップ？　で伝わりますか」

クリスさんが頷《うなず》いた。俺は続ける。

「俺が触ったら、相手は嫌な思いをするんじゃないかとか。そう思うんです」

関係の浅い相手に、俺はなにを相談しているのだろう。

この悩みはわりと昔から抱えていたものだ。だから、気を抜いた今、こぼれてしまったのかもしれない。

小牧《こまき》と付き合っていた時も、俺のほうから手を繋《つな》ぐことはなかったし、基本全部引っ張られていた。怖かったのだ。なにか間違えて嫌われるんじゃないかと思って、なにもできなくなる。

口に出したことに後悔したが、数秒後にはそれも消えた。どうせ他の人にバレることはない。

この会話は、俺とクリスさんだけのもの。おまけに彼はスキンシップが普通の異国からやってきた男。なにかヒントを得られるかもしれない。

「嫌がる相手には触りません。嫌がらない相手にスキンシップすればいいんです」

「わかるんですか？」

「わかりますよ」

自信満々にクリスさんが頷いて、役目を終えたドローンが降りてくる。

「大切な人に触ると、幸せになれます。私は好きです」

「なるほど……」

なにがなるほどだ。とは思うが、咄嗟《とっさ》に出た反応がそれなのだから仕方がない。

目から鱗《うろこ》が落ちる、とまではいかないが。思うところはあったのだ。

嫌われたくないから触れないのではなく。距離を縮《ちぢ》めたいから触れるのではなく。

もっと根本的に、幸せを感じるために触れる。そういう考え方もあるのだなと思った。

確かに、悠羽《ゆうは》の頭を撫《な》でて嫌がられる未来は、どうやっても想像できない。

◇

その後もクリスさんの取材に同伴《どうはん》して、夕方に帰宅。ちょうど悠羽も帰ってきたところらしく、洗面所でばったり鉢合《はちあ》わせになった。

「帰ったところか」

「うん」

見ればわかることを聞いて、なるべく自然に近づいていく。右手をすっと上げ、黒髪へと伸ばしていく。「お疲れ」と言って、ぽんと優しく頭を撫でて横を通り抜ける。

そうするはずだったのだが、咄嗟に身構えた悠羽に、俺の動きも止まる。

斜《なな》め前に手を伸ばした状態で固まる俺と、両手で頭を押さえるようにした悠羽。

怪獣ごっこでもしてるみたいな体勢で二人、静かな洗面所で停止する。

「な、なに……もしかして」

「い、いや……別に。なにもないぞ」

「そ、そうだよね。うん。なんにもないよね」

「ああ。なんにもない、なーんにもないぞ」

俺は右手を、悠羽は両手をそのままにして、互いに距離を詰めないまま右回りに回転。洗面台の前に俺が立つ。

誰か助けてくれ……。

そう願ったら、廊下を駆ける大きな足音。

「だーん！　今日も一日お疲れさま！」

この時ばかりは、加莉が女神に見えた。

まあ、問題は余計にこじれたっぽいんだけどさ。

一日の終わり、悠羽の頭撫でチャレンジに惨敗《ざんぱい》した俺は、なぜか親友の悩み相談に乗る羽目《はめ》になっていた。本気で相談したいのはこちらだが、内容が内容なので口には出せない。

仕方がないので、リア充の相談風マウントに付き合ってやることにする。つくづく俺もお人好《ひとよ》しだ。

「奈子《なこ》ちゃんをお泊まりデートに誘えないんだよサブぅ」

「百年後も同じこと言ってそうだなお前は」

深々とため息を吐く。我が悪友、新田圭次《にったけいじ》は今日も今日とて愛する彼女に翻弄《ほんろう》されているらしい。

「お泊まりデートがしたいでござる……」

「そもそもお家《うち》デートはできたのかよ」

「侮《あなど》るなよ雑魚《ざこ》非リアが」

「今から車で轢《ひ》きに行くわ。五時間後に集合な」

この感じだと、自宅へ招き入れることはできたらしい。その上で特になにもなかった無力感は、想像に難《かた》くない。

家まで来てもらってなにもないというのは、しんどいだろうな……。

まあ、同情はしないが。

「なんだかんだキスはいけたんだから、時間の問題だろ」

「かなぁ……」

「なんで一々《いちいち》絶望的なんだよ。メンヘラかよ」

「サブはわからんかもしれんが、恋すると人はヘラるんだ」

「たりぃな」

「たりぃって言うなよ！　親友の一大事だぞ！」

「へいへい。大親友様の一大事とな」

「どうしたサブ。なぜ笑わない……こんなに俺が苦しんでるのに、なぜお前は爆笑しないんだ」

「お前の親友観はどうなってんだよ」

自分が困ってるときに爆笑するやつじゃなきゃ満足できないって、完全に壊れてやがる。広い世界を探しても、適任は俺くらいしかいないだろう。

……うわぁ。

「俺の人生が最悪なとき、笑うのはお前の役目だろう！」

「奈子さんみたいな彼女がいる時点で最悪じゃねえつってんだよ！」

「へへっ」

「殺意……っ」

あからさまに照《て》れた笑い方をする圭次。ガチでキモい。法律で禁じてほしい。

「ま、そうだよな。奈子ちゃんと付き合えてる時点で、俺は勝ち組。人生の勝者。世界を統《す》べる者だもんな」

「一刻も早く破局して絶望しろ」

この調子の圭次が別れを切り出されたら、本当に立ち直れなくなるんじゃないだろうか。酒を持って俺の家に通い、連日連夜泣きながら酒を飲みそうな予感。

一人暮らしのときだったら、酒と食料を買ってこさせればよかったが……今は俺だけじゃないからな。結局、奈子さんとは上手《うま》くいってもらったほうがいいんだよな。

どうして俺が親友の幸福を願わなきゃならんのだ。力いっぱいに妨害し合っていた高校時代が懐《なつ》かしい。

圭次は軽く笑って、ふざけた調子を取り払った。さっきよりいくぶん真面目《まじめ》なトーンで、呟《つぶや》く。

「奈子ちゃんと別れたら俺、生きていけねえかもなぁ」

「付き合ってる間は、誰だってそう言うんだよ」

「そうか?」

「どんだけ大切でも、別れりゃそのうち慣れるし死なん」

柄《がら》にもなく、圭次相手にちゃんとしたことを言ってしまった。俺たちが本気で語り合うのは、非常事態か酒の席だけと決めているのに。

辛気《しんき》くさい空気を感じ取ってか、圭次はいつものようにちゃらけた声に戻る。大学デビューしたての頃に身につけた、調子のいい口調。

「んじゃ俺、別れねえように頑張るわ」

「せいぜい頑張れ。そのほうが俺も呪《のろ》い甲斐《がい》がある」

「そっちの生活はどうなんよ。田舎《いなか》は快適かい」

「そっちにいても遊ぶ金はねえからな。逆にこっちのが娯楽《ごらく》は多いかもしれん」

半端に物がある場所だと、なにをするにも金がかかる。対してこの村には、金はなくとも自然がある。ドライブや散歩が好きで、遊ぶ金のない俺にとってはこっちの方が向いているのかもしれない。

「圭次は夏休み、なにやってんだ」

「バイトにバイトにバイトにバイトよ。奈子ちゃんと夢の二人旅を叶《かな》えるため、そしていつか指輪を買うために」

「キッショ中学生かよ」

「恋愛観が純粋でなにが悪い！」

「ハートのネックレスとかプレゼントしてそう」

「なぜわかった⁉」

「お前みたいなのはすぐハートをあげるんだよ。生物基礎の教科書にも書いてある」

「習性だったのか……」

衝撃の事実に愕然《がくぜん》とする圭次。だが、すぐに気を取り直して咳払《せきばら》い。

「奈子ちゃんは可愛《かわい》いから、ハートが似合うんだ。だから買っているに過ぎない！」

「……ぐっ」

リア充の持つ聖なる光によってダメージを受ける醜《みにく》い化物《ばけもの》、俺。吐血《とけつ》しなかったのが唯一《ゆいいつ》の救いだ。痛みを感じた脇腹《わきばら》を押さえて、なんとかスマホを握り直す。

「つーか、サブには悠羽ちゃんがいるだろ」

「あいつをお前にとっての奈子さんと一緒にするな」

「シスコンって、彼女みたいな感覚じゃねえの？」

「エロマンガ読みすぎて頭おかしくなったんかお前は」

「違うかー」

あっけらかんと意味不明なことを言う圭次。深々とため息を吐く俺。

「そんな単純な話だったら、苦労しねえよ」

頭一つ撫でるのだって、苦労するのに。

言われたから挑戦してみて、けれど変な空気になって。俺マジでなにやってんだろって気分になる。

妹ってのはそういうもんなんだ。そういうもんなのかな。俺がだいぶ特殊なケースのような気もするが、とにかく、圭次の言うものとは異なる。

「じゃあサブ、今でも彼女欲しいとか思うのか」

「エチエチお姉さんへの憧《あこが》れは永遠」

「そんなあなたにマッチングアプリ」

「もう使ってねえよ。有料会員の期間も終わっちまった」

「結局釣れずじまいか。ドンマイ（笑）」

「………」

悠羽が釣れたとは口が滑っても言えないので、適当に悔《くや》しがるフリをしておく。なに、その傷ならずいぶん前に乗り越えた。

メッセージのやり取りができなくなったアプリは、それでもスマホの隅《すみ》にある。払った金は惜《お》しいが、それでも悠羽とのアホみたいなやり取りはいい思い出だ。オリーブオイル五種類持ってた頃の俺が懐かしい。

「ま、サブに必要なのは彼女とかじゃねえのかもな」

「どういうことだよ」

「大した意味じゃねーよ。んじゃ、そろそろ切るぞ〜。奈子ちゃんとの電話タイムだ」

「へいへい。んじゃやな」

通話が切れて、静寂《せいじゃく》が戻ってくる。

部屋だと悠羽に声が筒抜けになるので、庭の一角で電話をしていた。

圭次との電話でなにかを得ようとは思っていないし、なにも得られはしなかった。それでも、いくぶん気が楽になるから不思議だ。

悠羽との気まずい空気も、頑張ればなんとかなる気がする。

ふわっとあくびをすると、ぬるい夜風が吹き抜けた。頭上には月と星々。

額《ひたい》に手を当てて、少し考え込む。

俺の抱えている悩みは、お泊まりデートほど重たくはない。そう考えれば、不思議と心が軽くなる。ありがとう圭次。そんなこと、絶対に言わないけどさ。

「……誘ってみるか」

◇

悠羽と顔を合わせて会話するのは、翌朝も上手くいかなかった。

昨日の気まずいやり取りが致命傷になって、もはや悠羽は「はい」と「いいえ」でしか返事をしない。コミュニケーションを試《こころ》みても、人に懐かない猫みたいに逃げ出してしまう。

そんな中でも仕事はちゃんとあって、クリスさんのアメリカン惚気話《のろけ》を聞きながら、撮影に同行する。

加茆は明日、時間をとって彼に女蛇村のアピールポイントを伝えに来るらしい。その時にはたぶん、通訳係が必要だろう。いくら日本語のできるクリスさんでも、歴史の説明は難しいだろうから。

仕事でミスをしたわけではないが、ずっと頭の隅に「悠羽をどうしよう」というのがこびりついて離れない。

結局一日中、それればかり考えてしまった。

ゲストハウスの宿泊客に声をかけて、文月さんの家に帰る。その途中でスマホを確認すると、加莉から連絡が来ていた。

『悠羽っち、なんかあったの？　休憩《きゅうけい》の時、考え事してるみたいだったけど』

あの鈍感《どんかん》元気モンスターから見てもわかるほど深刻らしい。

これは早いうちに解決しないと、余計にややこしくなりそうだ。

とはいえあの状態では、面と向かって話すのも難しい。

「なんとか二人きりに……とりあえず誘拐《ゆうかい》するか？」

田舎の夜道でぶつぶつ呟いているので、傍《はた》から見たら完全に不審者《ふしんしゃ》だろう。

明日の夕方に下校中の小学生を攫《さら》う計画を立てている、と思われても文句は言えまい。

ため息を吐いて、ポケットに手を入れる。

「そういう卑怯《ひきょう》な手じゃ、だめなんだろうな」

回りくどい手段を使えば、きっと彼女は誤解する。どうせ俺がまたなにか企《たくら》んでいるのだろう、と思われることは想像に難くない。

嘘の多い人生を送ると、こういうときに面倒《めんどう》なんだな。

なんて当たり前のことを、二十歳《はたち》越えてから実感する。

大きく息を吸って、スマホに一文だけ打ち込む。

もう俺はサブローではない。だからこのメッセージは、六郎として送られる。

『星、見に行かないか』

自分で送っておいて、鼻で笑ってしまう。

これじゃあまるで、デートに誘ってるみたいじゃないか。

◆

(六郎に面倒くさいって思われたかもしれない)

仕事の休憩中、悠羽の頭を埋め尽くしていたのは激しい後悔だった。

彼女の謎発言から発展した、六郎との気まずい空気。一緒に暮らし始めてから、こんなに長い間まともに話さなかったことはない。毎日のように部屋へ行って、今日あったことを話すのが習慣だったので、一日それをしなかっただけで猛烈に寂《さび》しい。布団《ふとん》の中で本来話すはずだったことを一つずつ思い出していたら、涙が出そうになったほどだ。

最初のうちは、時間がなんとかしてくれるだろうと思っていた。

六郎は物事をうやむやにする天才である。腕枕事件のときも、寝相《ねぞう》のせいにしてくれた。今回だって、言い間違いなどで終わらせてくれるはずだ。

よくよく考えれば、「頭、撫でさせてあげる」と「わさび、舐《な》めさせてあげる」はけっこう似ている。なにひとつとして意味はわからないけれど、きっと六郎ならなんとかまとめてくれる。

彼ほどのお茶濁《にご》しスキルを持っている人なら、会話中にわさびを舐めさせることだって、なんらかの理由を見いだせるはずだ。

といった具合に、彼ならそんな斜め上の解決法をひねり出してくれると信じていた。

だが、現実は違った。

なぜか六郎は、頭撫でチャレンジを決行してきたのだ。彼の中でどんな理論が展開されたのかは知らないが、とにかく、それは悠羽にとって完全に予想外のことだった。

驚いて、咄嗟にとってしまった行動は両手を頭の位置に持っていくことだった。伸びてくる手から逃れるような姿勢をとってしまった。嫌だったわけじゃない。ただ驚いたのだ。

幸いなことに、六郎が傷ついた様子はなかった。

それでも、いい思いはしなかっただろう。もう二度と、自分から悠羽に触れようと思わなくなったかもしれない。

そう思うと、いくらでもため息が出てくる。

憂鬱《ゆううつ》とはこういう感情のことをいうのだと、不登校だった時期ぶりに思い出した。最近、ずっと楽しかったぶん、今のほうがキツいかもしれない。

なにより、六郎相手にこんな失態を晒《さら》していることが辛い。

そういった考えを無視するため、仕事にはとにかく集中した。だが、仕事だって永遠ではない。利一《りいち》はちゃんとした大人なので、暗くなる前には美涼《みすず》と悠羽を帰らせた。

六郎よりも早く家について、そのまま文月の手伝いに行く。自分の部屋にいても、悶々《もんもん》と考え事をしてしまうだけだ。

結局そんな調子で、夕飯の時もぎこちないままだった。

ぎこちないのが普通になるのかな、と。そんなことを思った。

◇

「――あいつ、スマホ見てないな」

夕飯を食べてシャワーを浴び、家を出て門のところに来た。

文月さんには散歩だと言っているが、悠羽が来るまでは動けない。

女子高生はスマホを頻繁《ひんぱん》に見る生き物だと思っているし、悠羽もその部類なのですぐに気がつくと思っていた。マッチングアプリのときは、鬼のような早さで返信が来ていた。

そういった過去のデータに基づき、メールを送ったのだが。

どうやら、例外を引いてしまったらしい。

待ち始めて三十分が経って、やってしまったと額に手を当てる。今さら部屋まで戻って「スマホ見ろ」というのも気まずい。なにより、俺が戻る途中に悠羽がメールに気がつくのが最悪だ。悠羽はきっと、俺が待ち疲れたのだと解釈するだろう。そうなれば一層、この状況は面倒なものになる。

俺にできることは、待ちの一手。

夏なのが幸いして、風邪を引くことはない。待とうと思えば、理論上は朝までだっていける。明日も仕事はあるが、すぐに寝ないといけないわけじゃない。

近くの道路標識に寄りかかって、スマホをいじる。

ネットニュースを見たり、ＳＮＳで今日あったこと、面白《おもしろ》い発言をチェック。

そんなことをしている間に、時刻は夜の九時をまわった。未《いま》だ、家の中から出てくる気配はない。

「なにやってんだろ、俺……」

ちゃっちゃと悠羽の部屋に行って、オラオラと頭を撫でてしまえばいいのだ。ただそれだけで解決する。

わかっているのに。

どうしてか、回り道ばかり選んでしまう。

面倒くせえやつだ、俺は。

見上げた空には、俺たちの街よりずっと多くの星が輝いている。家の明かりがあるここですら、うっすらと天の川が見える。もっと暗い場所に行けば、息を呑《の》むほど美しいものが見えるだろう。

その光景を、彼女と見ることができたら。

きっとこの意味不明な空気だって、元に戻るはずだ。

目を瞑《つむ》って、いろんなことを考える。時折目を開けて時間を確認して、また考え事。

そんなことを繰り返して、十時をまわった頃に玄関の扉が開く音がした。

動かず待っていると、サンダルの音。

「あれ、六郎……どうしてこんなところにいるの」

パジャマの上に一枚だけ羽織《はお》った格好《かっこう》で、悠羽が首を傾《かし》げている。その様子からして、メールを見たわけではないらしい。

部屋に戻らない俺を捜して、ちょっと外に出てきた、といったところか。

「誰かと待ち合わせ？」

「まあ、そんなところだ」

「誰を待ってたの」

「ヒント、お前」

少女は目をぱちくりさせて、自分のことを指さす。

頷く俺。仕方がないので、もう少し情報を出すことにした。

「スマホ、メール、送った」

「え⁉」

夜だから小さな声を上げ、慌《あわ》てて悠羽はポケットのあたりを探る。だがパジャマなので、いつもの場所にスマホはない。

「部屋置いてきちゃった。見てきていい？」

「おう。行け行け」

くるっとターンして、悠羽が家に戻っていく。

三分ほど待っていると、玄関から飛び出してきた。

白いTシャツの上からカーディガンを羽織って、下は薄いデニムの長ズボン。

「ごめん！　行ける、行けます、行きたいです！」

よっぽど急いだのか、家から出てきただけなのに息が上がっている。

そんな姿を見るだけで、二時間以上の待ち時間も忘れられるのだから不思議だ。

「ずっと待ってたよね。ごめん。ほんとに……ごめんなさい」

「いや、ちょうど時間通りだ」

つけてもいない腕時計を示して、口角をつり上げる。あからさまな嘘に、悠羽の表情が少し和《やわ》らいだ。

「……嘘つき」

「でももう遅いし、明日にするか？」

「ううん。今日がいい。今から行きたい」

「わかった。じゃあ行こう」

懐中電灯を右手に持って、悠羽のペースで歩く。月と星の明かりがあるから、まだライトはつけなくていい。

流れる空気は、やはり気まずかった。

悠羽はずっとなにかを言おうとしているが、目が合うとそっぽを向いてしまう。

俺はもう、星を見るまではなにも喋《しゃべ》らなくていい、と覚悟を決めているので、毅然《きぜん》とした態度で歩くのみだ。

しばらくそうやっていたら、悠羽もなにかを察したらしい。二人揃《そろ》って沈黙を受け容《い》れ、黙々と歩いて行く。強豪お散歩部の誕生である。

ゲストハウス『白蛇』の近くを通って、目的地に到着する。

そこは山の入り口にある、広い参道を持った神社の近く。坂を少し登った場所にある、駐車場だ。

この村の小学生たちは、毎年そこで天体観測を行うのだという。

「ねえ、六郎」

その坂の途中で、悠羽が声をかけてきた。夜風のようにそっと、控《ひか》えめに。

「転んじゃいそう、だから……」

あたりが暗くて、どんな表情をしているかは見えない。けれど、照《て》れているのはわかる。

この気まずさを晴らすために、悠羽は勇気を振り絞《しぼ》っている。

俺は——。ここでなにも言えないでいて、なにが男だ。

「ほら。掴《つか》まれ」

左手を伸ばして、所在《しょざい》なさげにしている悠羽の手を取った。

自分から彼女の手を握るのは、たぶん、初めてのことだろう。

「——っ、ありがと」

「別にいいんだ。これくらい」

触れたくないわけじゃない。そう伝えるために、返事をした。ちゃんと伝わっているだろうか。わからない。けれど悠羽は、しっかりと手を握り返してくる。

「星、綺麗《きれい》に見えるかな」

「たぶんな。今日も明日も快晴だし——もし見えなくても、また今度来ればいい」

「だね」

鼓膜《こまく》を打つその声が、いつもよりずっと甘い。

きっと気のせいだろう。この非日常が、俺の調子を狂わせているだけだ。

「六郎って、星座とか詳《くわ》しいの？」

「教科書に載《の》ってたのだけ知ってる」

「じゃあ、夏の大三角形は見つけられるんだ」

「それくらいなら、わかるはずだな」

「教えてよ。私、たぶんわかんないから」

「ググれ」

「六郎が教えてくれないと意味ないじゃん！　もうっ！　今の流れ台無し！」

いつものように、ぷんすか怒った悠羽に責められる。それが嬉《うれ》しくて、つい笑ってしまう。

「お前は本当に面白いな」

「人が本気で怒ってるのにぃぃ……」

「はいはい。すんませんすんません」

「謝る気ゼロじゃん」

俯《うつむ》いてぶつぶつ言う悠羽の手を、少し強く引いた。

「着いたぞ。上見ろ」

「む、まだ話は終わってないのに――うわぁ」

面白いくらい一瞬で、その表情は不満から満足に変わった。

紺碧《こんぺき》の色に染まった世界で、悠羽が瞳《ひとみ》を星のように煌《きら》めかせる。大きく開いた丸い口が、その感動を伝える音を必死に探している。繋いだ手をパタパタさせて、体温越しに喜びが伝わってくる。

幸せの意味を、最初に教えてくれたのが彼女だった。

俺が涙を流せる人間だったら、きっと今頃は泣いている。不幸に抗《あらが》ってきた心は、幸せにひどく脆《もろ》い。

何度か呼吸をして、喉《のど》の震えを止めた。

「夏の大三角形はな、あれとあれとあれだ」

「待って早い、ぜんぜんわかんなかった」

「指さすから、ちゃんと見とけよ」

「うん」

繋いだ手を解いて、指先で夜空をなぞる。それを追いかける悠羽は、ぴったりと俺の隣にいて。夏だというのに、伝わる熱が不快だとは思わない。

きっともう、戻れない場所に来ているのだろう。明るすぎる星の下で、そんなことを思った。

嘘つきの嘘は、もうすぐ剝《は》がれ落ちる。その時に俺たちは、どんな未来を迎えるのだろう。

彼女が笑っていたら、それでいいなと思う。その思いだけは、ずっと昔から変わらない。

◆

右手の熱は、家に帰った後も残っていた。

布団に寝転がって天井に手を伸ばし、悠羽は指を曲げ伸ばしする。

あの坂道で繋いだ六郎の手は、大きくてごつごつしていた。骨の硬《かた》さが直《じか》に伝わってきて、小さな手は簡単に包まれた。この手に守られていたいと思った。暗闇《くらやみ》の中で不器用に笑っていた六郎の顔も、からかって突き放すあの態度も、なにもかもが完璧《かんぺき》だった。

病《やまい》にかかったのだと、自覚する。

もう戻れない感情が、芽生《めば》えてしまったのだ。あまりに淡く、あまりに強く、悠羽の心の真ん中に居座って動かない。ため息すら熱っぽくて、嫌になる。

どうせ隣の部屋の男は、今頃のんきに眠っているのだろう。人の気も知らず、勝手なものだ。

そんなに鈍感だからモテないんだと言ってやりたい。だけど、モテたら困るので言えない。

六郎の悪いところは、ちゃんと残しておかないと。

この感情が許されないものだと、悠羽は理解している。

けれど今日くらいは、幸せな気持ちで眠りたいのだ。

◇

——結局、頭撫でられてねえな。

布団に寝転がって思い出して、眉間《みけん》にしわが寄った。

天井を眺《なが》めて腕組み。本日の反省点を考える。

まず、選んだ場所はよかった。天の川がくっきり見える空は、カレンダーの写真よりも綺麗だった。

では、いったいなぜ俺は悠羽の頭を撫でることができなかったのか。

シンプルにタイミングがなかった。

強《し》いて言えば夏の大三角形について話した後に、おさらいみたいな感じでなぞらせて、「よく覚えられたな。えらいえらい」とやるくらいだったか。

だがそれはちょっと、小馬鹿《こばか》にしてるというか。あんまり良くないタイプの褒《ほ》め方だと思うんだよな。

……まあ、仕方なしか。

とりあえず話はできるようになったし、日常生活での不安はなくなった。撫でるとか撫でないとかは、また機会があったらにしよう。

考えるべきことは、きっといろいろあるけれど。

せめて今日くらいは、頭を空《から》っぽにして眠りたい。

◇

「ハロー！　マイネイムイズ美涼加莉！」

「こんにちは。私はクリスです」

場所は利一さんが営《いとな》むピザ屋のテーブル席。

日本語上手すぎアメリカ人と、英語下手すぎ日本人、奇跡の邂逅《かいこう》シーンである。

もしかしたら、クリスさんのほうが日本語も上手いかもしれない。どうする加莉、お前の国籍が不明になってきたぞ。

なんて俺が考えていると、そこは優しいクリスさん。表情筋を大きく使って笑うと、加莉に合わせて英語を使う。

「I am glad to see you」

「………ロクくん」

「ギブアップ早すぎんだろ」

自分から英語で仕掛けておいて、なんだそのざまは。

ただ「あなたに会えてうれしいです」って、教科書に載ってる挨拶《あいさつ》をされただけだろう。

その様子を見て、クリスさんは声を上げて笑う。申し訳なさそうに、縮こまる加莉。

「大丈夫。私、日本語ちょっとだけ喋れます」

「謙遜《けんそん》の仕方が日本人みたい！」

大きな声で驚く加莉のリアクションが、どうやら嬉しかったらしい。クリスさんはますます楽しそうに笑った。そんな二人の横で、めちゃくちゃ浮きまくっているのが俺。笑うタイミングを完全に逃してしまった。三人以上で会話するとき、これが一番メンタルにくるんだよな。

焦《あせ》って割り込むのは悪手《あくしゅ》なので、黙ってタイミングを待つ。

「クリスさんは、どうして女蛇村に来ようと思ったんですか」

「日本の田舎をビデオに撮りたい、思いました。でも、有名なところは他の人が撮っています」

「なるほど。これから人気になる場所を探していたんですね！　そうです！　ここ、これから一気にポピュラーになります！」

「私もそう思います」

「なんでも聞いてください！　なんでも答えます！」

「ありがとうございます」

ふむ、これはあれだな。

俺、いらんな。

しれっと立ち上がって、昼のラッシュを過ぎた店内を歩く。悠羽は休憩時間らしく、今は姿が見えない。カウンター越しの利一さんに声をかける。

「暇《ひま》になっちゃいました」

「さすがのロクも、美涼と外国人さんの二人同時は厳しいみたいだね。空《あ》いてるし、座りなよ」

「ありがとうございます」

カウンター席に座って、グラスを拭《ふ》く利一さんを見る。

金色の髪を後ろに縛《しば》って、シンプルな制服に身を包んだ優しい大人。なるほど、加茹が夢中になるのもわかる。世の女性が掲《かか》げる『優しい人が好き』とは、こういう人を指すのだろう。

「なにか飲むかい？　奢《おご》るよ」

「じゃあ、コーヒーを」

ゆっくり男二人で話でもしよう。利一さんとは二年前に知り合い、お互いに積もる話もある。

そう思っていたら、後ろからポニーテールが迫ってきた。

「ロクくん！　日本語伝えるの難しい！」

「お前の母語は何語やねん！」

キレすぎて関西弁になってしまった。俺の実の親は関西人なのかもしれない。

「ははは。いってらっしゃい」

「てめえ……俺と利一さんの時間が」

「ロクくんは勤務中なんでしょ！　仕事、仕事だよ！」

「へいへいへいへいへい」

「へいは十回！」

「しんどいって！」

威勢《いせい》のいい居酒屋でもそこまでは言わねえよ。

テーブル席に戻って、加茹の横に座る。クリスさんは荷物もあるので、二人席を一人で使っている。

「今ね、女蛇村の名前の由来《ゆらい》について話してたんだけど。あのお話、どうやって伝えればいいかわかんないんだよね」

「なるほどな。確かにそれは難しそうだ」

それで俺の出番とは、光栄なもんだな。

「クリスさん、日本語と英語、両方使っていいですか。俺も、英語ちょっとだけ喋れるので」

◆

二時間ほどかけて美涼の話を六郎は英語に訳し、クリスへと伝えた。

話が終わると、そのまま彼ら三人は別の場所へと移動して取材を続行。店には、利一と悠羽だけが残る。

ランチタイム以降は落ち着いたカフェとなり、店内はマダムの団欒《だんらん》の場になる。旦那《だんな》の愚痴《ぐち》が四方八方から聞こえはするが、それはどこでも似たようなものだろう。すっかり慣れた悠羽は、マダムたちに相づちを打ちながら仕事をこなす。

「ごめんね。悠羽さんも、ロクたちについていきたかったよね」

利一がそう言ったのは、会計を済ませた客のテーブルを片付け終えたときだった。

皿とコップを流しで洗いながら、悠羽は首を左右に振る。

「いいんです。六郎も、私が見てたらやりにくいでしょうから」

「そうなのかな」

嘘であった。

本当は悠羽もついていきたかったが、仕事を優先するべきだと判断したのだ。どうせ六郎は、自分がいようがいまいが役割は果たす。見られたらプレッシャーを感じる悠羽とは逆で、あの男はそんなことは意に介《かい》さない。

英語で話す姿など、普段は絶対にお目にかかれないプレミアものだ。だが、悠羽には仕事がある。ここでちゃんと働くことが、六郎を支えると決めた自分のやるべきことなのだ。

そう言い聞かせて、なんとか足を留めている。

「ロクのこと、信頼しているんだね」

「はい」

いつも通りに答えただけなのに、頬《ほお》がほんのりと熱かった。その熱を悟られないように、水道水の冷たさに意識を向ける。

「もしよかったら、ロクがどんなふうに生活してるか教えてくれないかい」

「普段ですか」

「うん。この村の外で、なにをしているか知りたいんだ」

「私も、最近になってようやく知ったことばかりなんですけど。それでよければ」

六郎はずっと、同年代の男たちから嫌われてきた。

それは彼が周囲に対して嫌悪感を隠していなかったからであり、それでいて勉学も運動も一定以上にできたせいだった。ほんの少しの嫉妬《しっと》に、日頃の鬱憤《うっぷん》が加わって必要以上に遠ざけられてきた。

新田圭次という例外的な存在がいたものの、それ以外の友人を悠羽は知らない。だから、利一と仲が良さそうなのを知ったときは嬉しかったのだ。

ぽつぽつと、悠羽は自分の知っていることを口にする。

「六郎は、基本的にパソコンで仕事をしているんです。前は新聞配達もしてたんですけど、私と暮らし始めてからはそっちは夕方だけにして。……なんていうか、いろんなところを合わせてくれるんです」

「あいつらしいね」

その優しさが六郎なのだと言われて、悠羽は胸が温かくなるのを感じた。

この人はちゃんと、彼のことを理解してくれている人だ。

「利一さんは、なにがきっかけで六郎と仲良くなったんですか？」

「きっかけ、というほどのことではないけど。美凉から話を聞いてね。面白そうなやつだと思ったんだよ」

「どんな話を」

「『すっごく性格悪いけど、すごいいい人がいる』ってね。あの美凉が、人の欠点から伝えるなんて初めてのことだったから、興味が湧《わ》いたよ」

その時のことを懐かしむように、利一は目を細める。

利一が昔から知っている美凉は、視野が狭い女の子だった。すべてを善か悪かで判断する傾向があり、人に関しても彼女の世界では「いい人」か「悪い人」しか存在しなかった。

その、美凉が。

悪いけどいい人、と初めて称したのが六郎なのである。

「人というのは、皆そうなんだって。その頃から美凉も理解してくれたみたいでね。ロクには感謝してる」

「……大事なんですね、美凉さんが」

悠羽が目を細めると、利一は首の後ろを掻《か》いた。

「歳《とし》の離れた妹みたいなものなんだ。心配で目が離せない」

妹という表現に、悠羽の胸はなぜか痛んだ。その言葉はまるで、美涼を恋愛対象から外しているような——だが、すぐに自分の立ち入っていい領分ではないと思考を止める。

それでも、胸の奥に生まれたもやもやは消えない。

（六郎にとって私は——なんなんだろう）

妹だと思われていたら、嫌だな。

◇

夜の自由時間、俺は畳《たたみ》の上に寝そべって己《おのれ》の無力さを痛感していた。

「俺は……弱いッ」

強キャラぶってクリスさんに英語を使ってみて、向こうのガチイングリッシュに触れての感想である。

はきはきしたトーンで繰り出される、流暢《りゅうちょう》な音の波。知っている単語なのに、知らない使い方をされてバグる脳。勉強した難しい単語を使いたくて、ぐちゃぐちゃになる文法。

なにをとっても全くダメ。辛《かろ》うじて伝えられたのは、クリスさんが日本に詳しいからだ。これでは、英語で仕事など夢のまた夢。

予想はしていたが、実際にここまでレベルが低いと萎《な》えもする。

テキストをたぐり寄せて、亡者《もうじゃ》のように目を走らせる。

……だが、このやり方では限界があることを知ってしまった。試験で点を取るのは大事だ。でも、その先はテキストに載っていない。

話さないと、本物に触れないと育たない能力がある。

やはり英会話スクールに通うべきなのだろうか。あれって高いんだよな。

金を稼ぐには金がかかる。世の中、そういうふうにできている。

「どうしたもんかなぁ」

天井を見て、ぼうっとする。こんなことをしても意味はないので、テキストを持ち上げて眺める。だめだ。ショックで頭になにも入ってこない。

「ゆうはー」

「んー。どうしたの」

名前を呼ぶと、すぐに襖《ふすま》が開く。てってって、と軽やかな足取りで近づいてくると、横たわる俺を見下ろすように座った。

「来るのはっや。待ってた？」

「はぁ!?　待ってないし」

見下ろされる形なので、表情は陰《かげ》になってよく見えない。口調でだいたい想像がつくが、これはすごい喜んでるね（適当）。

「じゃあ、なにもしてなかったってことか？　スマホもいじってなかった……？」

「乙女《おとめ》はなにもしてない時間もあるんですぅ」

「乙女って言えばなんでも許されると思うなよ。……ったく、まあいいか」

よっこらせと起き上がろうとしたら、なぜか胸を押されて畳に倒された。ごろん。

変わらず、悠羽に見下ろされる俺。

なにかの間違いだと思って、再度起き上がりチャレンジを仕掛ける。

今度はおでこを押されて、また畳の上に寝かされた。

「なんで？」

「なんとなく」

「理由を言え」

「だから、なんとなく」

一瞬蛍光灯《けいこうとう》の光が割り込んで、悠羽の表情が見えた。めっちゃ笑顔だった。怖い。下から見る笑顔すっごい怖い。

「で、どうしたの？　呼ばれたから来たんだけど」

「この体勢で話さないといけないのか」

「うん」

彼女の口調からは、断固とした意思を感じる。起き上がったら大変なことになりそうで、仕方なく手足を投げ出す。

脱力するとやけに安心して、ぽろぽろと言葉が溢《あふ》れてきてしまう。

「や、別に大したことじゃないんだけど……今日、クリスさんと英語で話してみて。……まあなんつーか、足りねえなって思ったんだよ」

「足りないって、なにが？」

「経験値。俺みたいなのは、即戦力になるような状態じゃないと雇《やと》ってもらえないんだ。育成枠《わく》は大卒が持ってくだろうし。……いや、それは悲観的すぎるのかもしんないけどさ」

必要以上にネガティブになっていることに気がついて、なんとか軌道修正しようとする。

だが、それも弱々しい。

なぜだろう。悠羽に見下ろされている今の状態が、ひどく落ち着く。

「大変だね、六郎は」

「別に、俺だけじゃないだろ。こんなのはよくあることだ」

「でも、大変だよ」

「まあ、それはそうだが……」

悠羽の手が伸びてきて、優しく俺の髪に触れた。それから何度か、丁寧《ていねい》な手つきで前後に往復する。

撫でられていると気がついたのは、十秒ほど経ってからだった。

右手でやめさせようとするが、するりとかわして継続する悠羽。

寝転がったままなので、動きがままならない俺。いくら男女の差があるとはいえ、体勢が悪すぎる。

「おい、お前なにどさくさに紛《まぎ》れて――やめ、やめろ」

「やめないもん」

「なんでまた急に！　お前、撫でるより撫でられたい側の人間じゃなかったのかよ」

「両方！」

「贅沢《ぜいたく》なやつ！」

起き上がろうとする俺と、それを阻止《そし》しようとする悠羽。子供のように取っ組み合い、最後には不利な体勢の俺が押し倒される。

どすんと音を立て、背中に衝撃。次いで胸板《むないた》に、人一人分の重みが降ってくる。

「ぐっ」

肺が押されて、呻《うめ》き声が出た。

至近《しきん》距離に、綺麗な黒髪がある。その束は顔にも乗っていて、滑らかな感触とシャンプーの匂《にお》いが直に伝わってくる。

首から下に柔らかい重さがあって、思考が鈍《にぶ》る。

「おい、大丈夫か」

「――だ、だいじょうぶ」

ぱっと起き上がってそっぽを向き、首をぶんぶん振る。髪がぱたぱた揺れる様《さま》は、メリーゴーラウンドに似ている。

悠羽が慌てている間に起き上がって、座り直す。

「まったく、なんで急にこんなことを」

「……だって、六郎が」

「俺が？」

「頭撫でてほしそうにしてたから」

「してねえよ」

なんだその超理論は。

「だいたい俺はな、頭なんて撫でられたことないんだぞ。そんな欲、持つはずがない」

「だから撫でたの」

「さっきと言ってることが違うな」

「どうでもいいじゃん！　なんで六郎ってそんなどうでもいいことばっかり気にするの」

「俺が悪いのか……」

急に勢いを強めた悠羽に押され、ぐらつく思考。

理由はわからないが、さっきから思考が上手くまとまらない。脳が溶けたみたいにふわふわする。

「六郎は私が甘やかすの」

「なんかまた変な方向に進んでるって」

暴走、とまではいかないが十分に迷走している。いったい悠羽はなににになろうとしているのか。困って額を押さえていると、やっとこっちを見た。唇《くちびる》をつんと尖《とが》らせて、瞳に意思を燃やしている。

この顔をした彼女に、俺は未だ一度も勝てたためしがない。

「気持ちよさそうにしてたくせに」

「…………………いや？」

「悩んだ！　今絶対悩んだでしょ！」

「ちっ、そんなんじゃねえって言ってんだろ」

「嘘ついてる！　今嘘ついてるでしょ！」

「うるせえうるせえ。お前、加莉に悪影響受けてんぞ」

なんとなくノリと素直さが似てきて嫌だ。一刻も早く加莉は利一さんに引き取ってもらって、家に閉じ込めてほしい。

「ほんとは私で満足したくせに！」

「日本語はちゃんと使おうな！　はしょったら違う意味に捉《とら》えられるから！」

「意味わかんない！」

「わかんなくていいけどな！」

逆に伝わらなくて安心したわ。咄嗟に口走ったが、伝わったらけっこう気まずい。

「六郎の嘘つき」

「…………」

それだけ言い残して、悠羽は部屋に戻っていった。

最後のに関してはなにも言い返せない。やっぱ嘘つきって損《そん》しかねえな。

◇

これはたぶん、俺があいつの頭を撫でてやらなかったからなのだ。

だから願いが捻《ねじ》れて歪《ゆが》んで、「撫でてくれないなら自分で撫でよう」とかいうＤＩＹみたいな思考になってしまったのだろう。

一夜明けて、俺たちは別に気まずい空気にはならなかった。

ただ、虎視《こし》眈々《たんたん》と俺のことを甘やかそうとする悠羽の視線を感じるだけだ。

このままではやられる。

悠羽はあれで行動力のある人間なので、やると決めたらやる。頭を撫でられるくらいならまだいいが、膝枕《ひざまくら》とか言い出したら収拾がつかん。そうなる前に、俺があいつを甘やかすのだ。

もはやそうすることでしか、この力関係は正常にならない。最近の俺、悠羽に弱すぎる。

そのためにまずは、昨日はいてしまった弱音を潰《つぶ》す必要がある。バレた嘘は明かす。知られた弱みは克服《こくふく》する。これ、強《したた》かなクズとして生きていくための必須《ひっす》事項です。

ゲストハウスに赴《おもむ》き、受付でチェックアウト業務をする。このあたりは山奥のわりに道が綺麗で、客層としてはバイク乗りが最も多い。強面《こわもて》のおじさんズをお見送りして、ゆっくり一階に下りてくるクリスさんを迎える。

彼も今日、ここを発《た》つらしい。

加茹から話を聞いて、女蛇村のことは満足したらしい。夏の終わりにもう一度来て、祭りを含めて動画にするんだとか。

簡単な手続きを済ませて、見送りへ移る。

「荷物、バス停まで持っていきますよ」

「ありがとうございます」

気合いを入れないと腰を痛めそうな重量だ。体幹《たいかん》に力を入れてバッグを肩に掛け、クリスさんの隣を歩く。ムキムキ外国人は今日も爽《さわ》やかな笑顔を浮かべている。

一つ息を吸って、覚悟を決めた。

「あの、クリスさん」

「はい。なんですか」

「俺と友達になってくれませんか」

「もちろん。今度遊びましょう」

「え、あ、はい。いいんですか」

「もちろんデス！　ちょうどゲームの人数が足りなくて、困っていたのです」

「ゲームですか……それ、俺できるかな」

途端《とたん》に目を輝かせてぐいぐい来るクリスさんに、引き気味の俺。コミュニケーションすら、パワーで惨敗している。この数日、ずっと一緒にいたとはいえ……ここまで距離を詰めるのは、日本人じゃ無理だろうなぁ。

「だいじょうぶ。ノートパソコンでできる、無料のものですから」

「なるほど。……わかりました、じゃあ、また今度やりましょう」

「英語でしかプレイできないですけど。私が説明します」

「ありがとうございます」

そんなの、願ったり叶ったりだ。というか、そうか。ゲームもあったか。

アニメだって映画だって、俺からすれば立派な教材だ。より日常的な英語や、実地での使い方を学べるならなんだっていい。

バス停に到着して、俺たちは連絡先を交換した。

「では、また会いましょう」

「はい。お気をつけて」

乗り込んで、バスから手を振るクリスさんが見えなくなるまでそこにいた。

大きく伸びをして、息を吐く。

「友達いけたぁ～」

クリスさんとはここ数日一緒にいて、話している感触も悪くなかった。いけるという確信はあったが、やはり安心する。

年齢は離れていて、国籍も違う。それでも、友達になれた。

外国人の友達がほしい、という側面はあったが、もし彼が日本人でも仲良くしたいと思っただろう。彼の生き方は、いろいろと参考になる。

「がんばりますか……」

これでとりあえず、不安は一つマシになった。

大きく息を吸って、目を開く。さて、今日は午後からなにがあるのかね。

◆

「悠羽っち〜、お疲れ〜」

「お疲れさまです」

一日の仕事を終え、着替えを済ませた二人は自転車に乗る。

オレンジ色の穏《おだ》やかな夕暮れに吹く風が、悠羽は好きだった。

隣でペダルを踏む美涼は、いつもよりくたびれた様子で、ハンドルに体重をかける。

「お客さん多くて大変だったね」

「団体さんが来るとは聞いてましたけど、思ったより多かったですもんね」

振り返って言う悠羽の顔はけろっとしていて、美涼と同じ仕事をしていたようには見えない。

「もしかして、悠羽っちけっこう体力ある？」

「そんなことないと思いますけど」

確かに言われてみれば、不思議だった。悠羽も普段よりは疲れているが、美涼ほどではない。寝れば消える程度の疲労感だ。

少し考えて、思い当たる。

「利一さんの前だから、ずっと気を張ってるのかもしれないですね」

「はっ！」

背筋《せすじ》をピンと伸ばし、電流が奔《はし》ったように目を見開く。ポニーテールまでピンと立ったように見えたのは、一瞬の幻覚だ。

「確かに。利一さんの前だと、可愛くしなきゃって思っちゃう……。自然にやってたから気づかなかったけど、それだよ！」

謎が解けたと元気いっぱいに喜んで、またすぐへにゃっとなる。

「だめだぁ～。今日は疲れちゃった」

「ちょっと休んでいきますか？」

「そだね。ロクくんも帰り遅くなるって言ってたし、そうしよう」

とはいえもう日が暮れる時間だ。この田舎では、居酒屋ぐらいしか開いていない。自動販売機のところで自転車から降りて、ペットボトルのジュースを買う。近くのベンチに腰を下ろして、美涼は炭酸飲料をごくりと一口。

「生き返るぅ」

「仕事終わりのジュースって、どうしてこんなに美味《おい》しいんでしょう」

「罪悪感がないからだよ！　いっぱい働いたんだから、これを飲んでも太らない！」

「なるほど……っ」

説得力のある発言に、納得して深く頷く。

悠羽の手の中で、フルーツオレが揺れた。キャップを開けて飲めば、喉を通るとろりとした甘くて濃厚な味。

「明日も頑張ろうってなりますね」

「悠羽っちは前向きだねえ。ロクくんとは違うタイプだけど、やっぱり似てるね」

「似てますか？」

「うん。あ、でも性格は全然違うよ。悠羽っちは素直でいい子だから、ロクくんみたいに意地悪じゃないし」

慌てて訂正《ていせい》する美涼に、つい笑ってしまう。

「いいんですよ。私も本当は、けっこう性格悪いですから」

「そうなの？」

「そうなんですよ」

六郎の真似《まね》をして、不敵に笑ってみせる。ずっと近くで見ていた表情なので、きちんと美涼にも伝わったらしい。

「今一瞬、ロクくんが見えた」

「けっこう自信あるんです。練習したので」

「そんな練習しなくていいって！」

「モノマネって、したくなりませんか？」

「……うーん。言われてみると、あたしも利一さんの真似ならしたいかも」

「見たいです」

「えー、じゃあ特別ね」

まんざらでもない様子で言うと、美凉はキリッと表情を整える。彼女の中で、大高《おおたか》利一は世界一の美男子なのだ。

「それでは――手を洗った後、匂いが残ってないか確認するときの利一さん」

丁寧に洗ってすすいでから、まず手の甲《こう》を嗅《か》ぐ。それから手のひら。匂いが残っていないことを確認して、顔を上げる。

「どう?」

「わからないです……」

「えっ、すごい似てると思うんだけど」

「いえ、あの、単純にその場面を見たことがないです」

「あーそっか。悠羽っち、まだ働き始めたばっかりだもんね」

一年間働いてもピンとこないと思う、と言いたいのをぐっと堪《こら》える悠羽。こういう我慢《がまん》が、人を大人にするのだろうなと思う。

美凉は気を取り直して、別のパターンに挑戦する。

「じゃあね、エプロンの紐《ひも》を結び直した後、ついでに髪ゴムを気にする利一さん」

「それも見たことないです」

「えぇっ!? 利一さん三大格好いいシーン集なのに?」

「はい」

恋する乙女とは、こういうのを言うのだなとしみじみ思った。

美涼はずっと利一を見てきたから、彼女の中での常識がズレてしまっているのだ。あまりに好きすぎて、目の付けどころがシャープになっている。わかりやすさが重視されるモノマネにおいては、致命的である。

「モノマネって難しい。……悠羽っちだったら、どんなのにする？」

「えぇっとですね」

自分はあんなふうにはなるまい、と高をくくって思考を巡《めぐ》らせる。

モノマネの対象は、美涼も知っている人でなければならないから、やはり六郎だ。

少し考えて、決めた。

「じゃあ、なにを飲むか悩んだ末にコーヒーを選ぶときの六郎やります」

「たぶんそれ、悠羽っちしかわからないよ」

「え……」

悠羽は絶句した。

◇

ガキどもの世話をしていたとき、「農作業のが気楽でいい」と思っていたことを全世界に謝罪したい。

収穫作業から出荷までは午前のうちに済ませるのが普通なので、午後の作業など大したことない、と甘く見ていた。

違った。

なんでも今年は野菜が豊作で、とても朝だけじゃ収穫しきれないんだとか。呼び出された俺は、炎天下でせっせと肉体労働に励《はげ》むことになった。畑に入って手で収穫するのはもちろんだが、軽トラックの運転をしたり、梱包《こんぽう》したり……あっちこっちを走り回るはめになったのだ。

帰宅する頃には魂《たましい》が抜けて、風呂では何度か意識が飛んだ。夕飯もいつもより入らなくて、部屋に着いたら完全に脳がフリーズした。

それでも英語はちょっとやっておきたくて、机の上にテキストを置く。シャーペンを走らせて、五行ほど書いたところで幻聴が聞こえ始めた。

ほどなくして頭から力が抜けて、抗うこともできずに目蓋《まぶた》を閉じた。

◆

「ロクちゃん、疲れてたわねえ」

台所でお茶を飲みながら、文月が言う。ポットから麦茶を注ぎながら、悠羽は尋《たず》ねる。

「今日の仕事、いつもと違ったんですか」

「今日は畑のお手伝いをしてもらったの。西浜《にしはま》さんところのお父さんが腰を痛めたらしくてね。今年は豊作で仕事も多いから、無理しちゃったのねえ」

「それでですか」

「ロクちゃんも体力はあるほうだけど、やっぱり大変だったんじゃないかしら」

六郎があれほど疲れ果てた姿は見たことがない。新聞配達を朝夕でやっていたときさえ、ピンピンしていたのに。

悠羽は麦茶を傾けて、心配そうにため息をつく。

「無理しないといいんですけど」

「そうね。あの子はそれが不安だわ」

あの男は自分にできるギリギリを、人よりも理解している。体調管理は上手いし、仕事の量が多くてパンクしている姿は想像しづらい。ただ、ひどく危うげに見えるのだ。六郎としては計算通りでも、悠羽から見れば綱渡《つなわた》りに見える。大道芸人なら落ちないが、六郎は一般人である。

いつか落ちてしまう日が来るのではないか、と心配になる。

「だから、あなたがちゃんと言ってあげなきゃだめよ。無理するなって」

「はい」

「ロクちゃん、あなたの言うことならなんだって聞くんだから」

「なんでも……ってことはないと思いますけど」

「なんでも聞くわよぉ。試してごらんなさいな」

やけに上機嫌な様子で手で扇《あお》ぐ文月に、悠羽は怪訝《けげん》な顔をする。

なんでもなはずがない。だって六郎は、頭を撫でさせろと言っても拒否するのだ。

とはいえ、本当になんでも聞いてくれたら困るのは悠羽のほうだ。それはさすがに申し訳ない。

「もちろん、素直じゃないから、すぐにってわけにはいかないでしょうけど。きっとそのうち、やってくれるんだから」

「そうなんでしょうか」

「そうよぉ」

いつも優しげに微笑《ほほえ》んでいる文月だが、今は妙に活力が溢れている。

まるで利一のことを話すときの美涼のような――はっきりと血の繋がりを感じる、底抜けな明るさ。

文月は目を細め、首を傾ける。

「お願いしたいことはあるのかしら?」

「……な、ないですよ」

柔らかな瞳になにかを見透かされたような気がして、麦茶が喉につまる。慌てて否定するが、かえって怪《あや》しまれてしまう。

「ほんとうかしら」

「ほんとうです！　ほんとうのほんとうです」

必死に言うが、文月は優しい笑みを浮かべるだけだ。これはますます疑われたパターンだと、悠羽は後悔する。年齢にかかわらず、ガールズトークとはこういうものなのだろう。教室で友達とする話と、大枠《おおわく》では違わない。

いたたまれない気持ちになって、少女は立ち上がる。

「あ、明日も仕事なので……そろそろ部屋に戻ります。おやすみなさい」

「はい。おやすみなさい」

満足げな表情で文月は見送ると、一人残った台所で「うふふ」ともう一度だけ笑った。

◆

精神的に疲れて、部屋の座布団《ざぶとん》にぐったりと座る。

スマホを出して、クラスメイトからのメッセージに返信。受験勉強真っ盛りの友人たちは、田舎にいる悠羽が相当に羨《うらや》ましいらしい。『写真くれ～』だの『うちもそこだったら勉強捗《はかど》るのになぁ』などというものが連日届いている。

それに対して悠羽は『はいはい』と写真を送ったり、たまに電話の相手をする。

不登校になっていた自分を、腫《は》れ物のように扱わないでくれる人がいるのは幸せなことだ、と思う。タイミングが合った友達と何通かメッセージのやりとりをして、それが終わったらスマホを手放す。

教科書はいちおう持ってきているが、悠羽は別に受験を控えているわけでもない。成績が下がらないよう、復習はする。だがそれも、目標がないのでは張り合いがなかった。

とりあえず、休み明けのテストで酷《ひど》い点数を取らなければいい。

そのくらいで頑張れるほど、勉強が好きだと思ったことはない。

六郎のようになにか、仕事に繋がることを勉強できればいいのだが……と思うが、それがなにかはわからない。

きっと彼に相談しても、「お前はとりあえず学校のことを頑張れ」と言われるだろう。それが正論なので、どうしようもない。

なので夜の時間は、ぼーっとしていることが多いのだ。美涼と話すときもあるし、この家に置かれた本を読んだりもする。だが、基本的には六郎に呼ばれたり、向こうに行けるタイミングを待っている。

（今日は無理かな）

隣の部屋からは、物音一つしない。よほど疲れているのだろう。

声をかければ六郎は元気なフリをする。一時間くらいは、話し相手になってくれてしまうだろう。だからここは、悠羽がぐっと堪えなければならない。

なんでもではないが、できる範囲のことなら、大抵《たいてい》叶えてくれてしまうから。

音楽でも聴いていようと思って、イヤホンをつける。SNSで流行のスイーツなんかを見たりして時間を潰す。行きたいと思うお店に限って遠くにあるので、世の中は難しいなと思う。

服にも興味はあるが、今は制服があるから新しいものは必要ない。だからあえて、自分から調べることもなくなった。

（昔は、彼氏とか欲しくて頑張ってたんだけどな……）

そんなことを思う。

六郎の隣に寧音《ねね》がいるようになって、二人の関係性がとても理想的に感じて。

自分もあんなふうに恋がしたい、誰かと一緒にいたいと思うようになった。

あの理想は結局崩《くず》れてしまって、六郎も姿を消してしまって、おまけに今は——その六郎の隣にいたいと思ってしまっている。

結局のところ、自分はただ寧音に嫉妬していたのではないか、と最近はよく思う。

嫉妬して、それに気がつかないように自分も恋をしようとして。けれどやっぱり、簡単ではなくて。学校に行かなくなったときも、誰かに支えてもらいたくて。けれど六郎以外の人は、怖くて頼れなくて。気がつけば、ここに至《いた》る。

本当は、六郎が寧音と別れて嬉しかったのではないだろうか。なんてことすら考える。

（でも、寧音さんのことも大好きなんだ）

確かに悠羽は、嫉妬していたのかもしれない。けれど寧音を嫌いだと思ったことは、一度たりともなかった。いつか義理の姉ができるなら、彼女以上に好ましい人はいないとすら思った。

未だに、六郎を支える人として真っ先に思い浮かぶのは寧音の顔だ。

自分はどこまでいっても、小牧寧音にはなれない。その事実が、遅効《ちこう》性の毒みたいに心を侵《おか》す。そこでふと、悠羽は顔を上げた。耳に入ってくる音楽は、さっきから失恋の歌ばかりだ。

これのせいでネガティブになったのだと、再生リストから明るいものを選ぶ。

頭を空っぽにして、しばし音楽に身を委《ゆだ》ねる。気分が上向きになったところで目を開けて、イヤホンを外した。

「きっと疲れてるんだよね。私も」

きっとそのせいだ。そう思って、寝る準備を始める。

部屋の明かりを豆電球にしたときに、隣の部屋がまだ明るいことに気がついた。

六郎はまだ起きているのだろうか。それとも、点《つ》けたまま眠ってしまったのか。

試しにノックしてみる。反応はない。

「六郎？」

呼びかけても反応がない。襖の隙間《すきま》からのぞいてみるが、なにもわからない。そーっと開けて、中の様子を確認する。

机に突っ伏して動かなくなっている男がいた。背中を上下させて、気持ちよさそうに寝ている。近くに転がったシャーペンと、開きっぱなしのテキスト。勉強中に眠ってしまったらしい。

そっと近づいて肩を揺らす。

「布団で寝ないと、風邪引くよ」

起きる気配は一向にない。強めに揺らしても、表情一つ変えない熟睡っぷりだ。

「もう。そんなに疲れてるなら、勉強できないに決まってるじゃん」

文句を言いながら、テキストとシャーペンを脇に寄せる。

ふと出来心で、六郎の頰を指先で押してみる。

「ぷにぷに……じゃないか。さすがに違うよね」

スキンケアに興味のない男の肌《はだ》は、荒れてはいないが特別気持ちよくもない。普通にただの皮膚《ひふ》だった。

手は顔の下に敷いているので触れない。

あと触れそうなのは頭しかないので、消去法的に悠羽は頭撫でを行うことにした。寝ている今なら、存分《ぞんぶん》に練習できる。甘やかすには入らないかもしれないが、甘やかすのが上手くなっても損はない。

　髪に触れる。固いな、と思った。

　六郎の髪は、もともとそうなのもあるが、手入れされていない固さだ。このあたりの性質も、悠羽とはまったく似ていない。

「枝毛とか、けっこうありそう」

　興味が湧いて、顔を近づけてみる。至近距離で目を細め、指先の感触を頼りに探してみる。するとあった。

　なんだか四つ葉のクローバーを見つけたみたいで嬉しくなる。

　二つ、三つと見つけて、すっかりこの遊びに熱中していたら、四つ目で六郎がもぞりと動いた。

「……ん」

　緩慢《かんまん》な動作で顔を上げると、半開きの目で悠羽を見る。

　さっきまでの行いを知られたかと思ったが、完全に寝ぼけている顔で安心した。

「…………ゆう……は?」

「あ、えっとね。電気点けっぱなしで寝てたから」

「そか……わるい…………たくあん」

「たくあん?」

不思議な夢を見ていたらしく、六郎の口からは漬物《つけもの》の名前がこぼれた。だが、本人は言った自覚がないらしい。首を傾げ、今にも寝てしまいそうに体を前後させる。

「布団で寝なよ」

「はい」

「ほら、動いて」

「……ん」

口では応《おう》じるが、六郎は一歩たりとも動かない。相変わらず夢うつつの状態で、座っているのが精一杯《せいいっぱい》というふうだ。

そんな様子を見たからだろうか。

さっきまでちょっとネガティブになっていたからだろうか。

理由は不明だが、ふっと悠羽の心に魔が差した。

「動けないなら、膝枕で寝る？」

「………………」

正座して、ほらここで、と手で叩《たた》いてみる。

すると六郎はなにも言わず、電源が切れたように倒れ込んできた。

「え」

まさかくると思わなかった悠羽の思考が、止まる。

膝の上で六郎が、安心しきった顔で眠っている。

「あ、あわわ……」

全身が熱くなって、慌ててきょろきょろするが頭がまともに回らない。助けを求めたかったが、この状態を見られたらなんと説明すればいいかわからない。

「ま、まだ心の準備、できてないよ……！」

小さな声で動揺を叫ぶ。もちろん、六郎は目を覚まさない。覚まされても困るのだが、寝られても困る。

これが〝詰み〟なのだと、悠羽は身をもって実感した。

とにかく、膝枕はまだ彼女にとっては早すぎたのだ。

一人でテンパってしまって、なんとか枕をたぐり寄せてすり替えるまで実に二十分の時間を要した。

今日のことは絶対にバレてはいけないと思って、彼女もすぐに布団に入った。

もちろん、眠れるはずはなかった。

◇

目が覚めたのは、まだ真っ暗な時間だった。部屋はしんと静まりかえって、覚えのない枕と髪の毛が擦《こす》れる音が聞こえた。いつの間にか、腹に布団までかけられている。

電気も消えているし、悠羽がやってくれたのだろう。

枕と掛け布団はあるが、敷き布団は離れたところにある。それも、誰かがやってくれた証拠になる。

おぼろげに、なにかの夢を見た気もするが……ぼんやりして思い出せない。

飯《めし》を食ってる夢だった、ような気はする。

後頭部をくしゃくしゃと手でならす。わずかだが違和感があるのだ。枕が妙にしっくりこない。

——まるでもっと、寝心地のよいもので眠っていたかのような。

それこそ夢か。

音を立てないように移動して、布団に潜り込んだ。疲労は未だ残り、すぐに睡魔《すいま》が襲《おそ》ってきた。


翌朝、洗面所で歯を磨《みが》いているところに悠羽がやってきた。

寝起きの跳《は》ねた髪を手櫛《てぐし》でとかしながら、ぱちぱちと眠そうな目を開閉している。すぐに俺に気がついたらしく、目が合う。

「昨日、ありがとな。おかげで疲れとれたよ」

枕と布団を用意してくれたおかげで、首を痛めずに済んだ。

純粋なお礼のつもりで言った。だが、途端に悠羽の目が泳ぎ出す。なにかまずい話題を出されたかのように、目をしばたたかせる。

「え、も、もしかして気がついてた?」

「いや、そりゃ気がつくだろ」

畳の上に枕と掛け布団だけで寝ていれば、誰だってわかる。

「ってことは、わざとだったの」

なにを言ってるのだろうか。もしかして、俺が机で寝たことがわざとだと思ってるのか?

そんなはずがない。ただ、どうしようもなく疲れていたのだ。

「不可抗力みたいなもんだろ」

「ふ、不可抗力……」

じりっ、と悠羽が一歩下がる。その表情からは、とっくに眠気が払われていた。

「抗えるもんじゃなかったからな」

「そ、そうなんだ……あれって、そんなにすごいんだ」

農作業の過酷《かこく》さは、想像を絶するものがある。二年前の俺は、ほぼ毎日駆り出されていたのだが……その時の俺、バケモノかよ。

「まあ、すごいっちゃすごいな」

「な、なんで六郎はそんなに普通なの？　もしかして、私が知らないだけでこれって普通なの？」

「まあ、慣れれば」

「慣れてるんだ……」

　さーっと血の気が引いていく悠羽の顔。今の発言に、なにかショックを受けるような要素があっただろうか。

　悩んでいると、悠羽はむすっと唇を尖らせ、見る間に不機嫌になっていく。

「なあ、お前なにか勘違《かんちが》いしてるんじゃ……」

「六郎のバカ！　女たらし！」

　俺が確かめようとするより早く、臨界点《りんかい》に達してしまった。

　首にかけたタオルをぶんぶん振って、彼女はどこかへ行ってしまう。

　なんだか最近、こんなことばっかりだ。すっかり慣れてしまった俺は、やけに落ち着いた気分でうがいをする。歯ブラシをしまって、腕組み。

「ふむ。難しいことになった」

　ドタドタ元気な足音がして、二人目が飛び込んでくる。

「ロクくんおっはー！　元気なった？」

「お前は簡単でいいよな」

「朝からバカにするとは、今日も今日とていい度胸《どきょう》だね！　この性格ラビリンス！」

とりあえず一発喧嘩《けんか》しておいた。ラジオ体操みたいなもんだ。

◆

「あうぅ……うわぁ…………」


仕事の休憩時間、店の裏で外の空気を吸いながら、悠羽はうずくまっていた。

気分は朝から最悪だ。なんとか仕事できているのは、奇跡と言ってもいい。

今回の件に関しては、完全に自分に非がある。なぜなら、膝枕に誘ったのは悠羽だからだ。

寝ぼけていた六郎が無防備で、今ならいけるんじゃないかと思ってしまった。

今ならひょいと一線を越えて、兄妹なんてしがらみをうやむやにしてしまえるんじゃないか。

そんなことが頭をよぎったら、自然に口が動いていた。

だが、実際に六郎が体を預けてきたとき、自分でも理解できないほど驚いてしまったのだ。

ドキドキが、限界値を超えてしまった。

一緒に眠ったときに一度あった、腕枕事件ですらあそこまでじゃなかった。

あの頃とは、悠羽の心理も変わっているけれど。それにしたって違いすぎる。

きっと、六郎が普段は自分からこないせいだ。いつも手を伸ばすのは悠羽からで、少し困ったように微笑む六郎を見ているのが好きだった。

逆になったときの耐性がないことに、今更《いまさら》気がつく。

もし頭を撫でられなどしたら、沸騰《ふっとう》してつむじから湯気が出るだろう。手など握られた日には、燃えるように熱くなって六郎を火傷《やけど》させるかもしれない。

（さすがにそれはないか……）

こんなにパニックになっているのは、自分だけ。そう思うと途端に虚《むな》しくなって、ため息が出てくる。

六郎は昨日のことを覚えている。

それでいて「疲れがとれた」とか「不可抗力」とか、落ち着いた顔で言う。照れている様子は一ミリもなかった。おまけに膝枕を、慣れているという始末だ。

寧音に飽きるほどされたのか、それともやはり、二年の間に悠羽の知らない女がいるのか。

なんにせよ、恥《は》ずかしくて腹立たしい。

「悠羽さん、どうしたんだい。体調悪い？」

後ろから声をかけてきたのは、店長の利一だった。客足が止《や》んだらしく、エプロンを外してリラックスしている。

「いえ、あの……そういうわけじゃないんですけど」

「うん」

金髪の男は、優しげに目を細める。

きっと彼は、ぼかして言えば上手く流してくれるだろう。美涼に相談したいが、なにせ相手は実の兄だ。ややこしい話だと思われたくない。

その点利一は大人で、余計な詮索《せんさく》をするタイプに見えない。そういうところは、六郎と似た雰囲気《ふんいき》がある。悠羽が上手くやれば、気がつかないふりをしてくれるだろう。

「あの、えっと、なんというかですね」

「うんうん。僕でよければ、なんでも言って。労働環境の改善は、雇用《こよう》側の使命だからね」

「仕事のことじゃないんです」

「そうなんだ。じゃあ、美涼のがいいかな」

「いえ。利一さんだと助かります」

その言葉で彼はなにかを察すると、ポケットに手を入れて悠羽から視線を外した。

「どうぞ。僕のことは、その辺に生《は》えている木だと思ってくれていいよ」

「男の人って、膝枕には抗えないものなんでしょうか」

「んー……」

利一は目を細め、話の軸《じく》を読み取ろうとする。だが、彼の脳が結論を得ることはなかった。

ひとまず、当たり障《さわ》りのない答えを選ぶ。

「憧れる男は多いだろうね」

「それは……ろく……利一さんもそうなんですか」

思いっきり名前を聞き取ってしまったが、大人の優しさで聞かなかったことにする。

ちなみに今の一瞬で、なんとなく全《すべ》て察してしまった利一は複雑な表情。

いろいろと考えてしまう脳を停止させて、目の前の問いに答える。

「僕はそこまでかな。足が痺《しび》れそうだなぁって思うから、素直に楽しめなさそうだ」

「そんなに痺れないですけど……いえ、なんでもないです」

六郎に膝枕をしたんだな、と確信する利一。

そしておそらく、そのことでなにかあった。この感じからして、六郎が無神経なことを言ったのだろう。

「なるほどね。なかなか難しい問題を抱えているみたいだ……ちょっと電話する用事があるから、僕は行くよ」

「あ、はい。すいません」

利一はふらりとその場を離れ、スマホを取り出す。最近登録した番号にかけると、相手はすぐに応じた。

「利一さん？　悠羽になにかありましたか」

「ロク、今晩呑むぞ」

「え、あ、はい。ちょうど俺も相談したいことがあったので……仕事終わったら行きますね」

どうやら六郎も六郎で、なにかあるらしい。

「あの、利一さん。今聞いておきたいことなんですけど」

「どうした」

「膝枕する側の心理って、なんなんですかね」

利一はむせた。

◇

「こっちこっち」

仕事終わり、利一さんと待ち合わせの居酒屋に入ると、奥の席から手招きされた。

会釈《えしやく》して歩いて行き、向かいの席に座る。

「こんばんは」

「お疲れさま。今日も畑仕事かな」

「そうなんですよ。なんでも腰を痛めた人がいるとかで、しばらくは俺が行かなきゃいけないらしいです」

「それは災難だね」

「ほんと、腰痛《ようつう》とか俺も他人事《ひとごと》じゃないし。嫌な話ですよ」

首を回すとボキボキ鳴るし、背中を捻《ひね》ってもボキボキ鳴る。デスクワークが中心の生活を送っていたから、だいぶ全身にガタがきている。

「ロクもお酒は飲めるんだよね」

「ええ。それなりに」

「メニュー見て適当に頼もうか。詳《くわ》しい話は、一杯飲んでから」

「そうしましょう」

店員さんを呼んで、ビールとつまみを頼んでいく。

乾杯《かんぱい》してアルコールを体内に入れてから、ようやく話を切り出す。

「――膝枕についてなんですけど」

膝枕をされたのではないか――という結論に至ったのは、ゲストハウスの清掃をしているときだった。ベッドのシーツと枕カバーを剝がして、１階の洗濯機に入れて、ぐおんぐおんと回るそれを眺めているときに、電流が流れた。昨晩の俺は、別の枕で寝ていたのではないだろうか。

そんな考えからいろいろと記憶を掘り起こした。朝の不自然な悠羽の反応が真っ先に浮かんで、もしや、となったのだ。

最近のあいつは、なにかがおかしい。以前なら膝枕などというワードが浮かんだところで、行きすぎた独身男性の妄想《もうそう》だと流せたけれど。

そうじゃない、と思ってしまう。

ちょうどそのタイミングで利一さんから電話が来て、確信に変わって、今に至る。

「する側がどんな気持ちか、だっけ」

「はい。すいません、さっきは仕事中だったのに、変なこと聞いて」

「いやいいんだ。もともと、かけたのは僕のほうだったわけだし」

利一さんはビールを呷《あお》ると、ふう、と息を吐く。とろんとした目で、咳払いを一つ。

手元にあった枝豆のさやをいじりながら、呟くように言う。

「膝枕をするのは、す、好きだからなんじゃないだろうか、と僕は思う」

「はぁ」

「な、なんだよロク。なにか言いたげな顔をして」

「いや、俺としてはこう、なにか企み的なものがあるんじゃないかと思ってまして」

「企み?」

眉間にしわを寄せる利一さん。

このへんの説明は、ちょっと難しいな。……たぶん、この相談をしている時点で、相手が悠羽だというのはバレているだろう。あいつの様子が変だったから、利一さんも電話をくれたのだろうし。

隠すだけ無駄か。

「悠羽のやつなんですけど……なんか最近、変なんですよね。甘えたがったり、甘やかしたがったり。意図が読めない」

「へ、へえ……」

レモンサワーで喉を潤《うるお》して、唐揚《からあ》げを食い、再びレモンサワーを流し込む。

利一さんは手元の唐揚げを箸《はし》で突《つ》きながら、難しい顔。

「もしかするとロクは、僕に似ているのかもしれないね」

「というと？」

自嘲《じちよう》気味に笑って、彼は頭を押さえる。

「勘弁《かんべん》してくれ。それを口に出せるほど、まだ酔ってないんだ」

「酒、追加しますか」

酒飲みの文化が根強い田舎だからか、利一さんはアルコール耐性が強い。今だって薄《うつす》らと頬が赤いだけで、あとは普段となんら変わりない。

俺も弱いほうではないが、そろそろペースを落とさないとまずい。

さらに利一さんが三杯のアルコールを摂取するまで雑談して、話題を元に戻した。

その頃には少し酔いが回ってきたのか、さっきよりも上機嫌な受け答えをしてくれるようになっていた。

「それで、さっきのはどういう意味なんですか」

「ロクはさ、悠羽さんのことをどう思ってるんだい」

「どうもこうもないでしょう。悠羽は悠羽です」

「そうなんだよなぁ。わかるよ、その感覚」

なぜか利一さんは首を大きく縦《たて》に振る。激しい同意だ。どの部分にだろう。

鈍くなった頭で考えて、もしやと思い当たる。

「加茹っすか」

返ってきたのは、肯定を意味する頷き。

「美凉は美凉だ。僕にとって美凉がそうであるように、ロクもそうなんだろう」

「そうなんすかね」

言っていることはなんとなくわかった。だが加茹を知っているぶん、納得するのは難しい。

俺にとっての悠羽が、利一さんにとっての加茹なら――

あのド直球女の恋路は、簡単なものではないだろうから。

「っていうか利一さん、ちゃんと気づいてるんですね。加茹の気持ち」

「いくら鈍くたってわかるだろう。留学に行ったときだって、美凉は国際電話をかけてくれた。あれが好意じゃなきゃ、なんだって言うんだ」

複雑な表情で微笑んで、グラスに視線を落とす。それだけで、彼女の気持ちに応《こた》える気がないとわかってしまう。

なんとなく、わかってしまったのだ。

たぶん俺は、利一さんと同類だから。

「本当はロクも、気がついてるんじゃない？　僕だけ吐かせて、自分は逃げられると思うなよ」

「なにをまた」

「膝枕の理由なんて、一つしかないだろ」

アルコールでよく回る舌《した》に任せて、利一さんは続けた。

「好きだからさ。そんなことは、特別な相手にしかしない」

「…………」

浅くため息をついて、小さめのグラスを手で揺らした。ロックの果実酒。氷が溶けて、結露《けつろ》が指に冷たい。

「本当はロクだって、気がついてるんだろう」

「…………まあ、そうっすよね」

「責めやしないさ。君たちは、きっと複雑な事情を抱えているんだろうから。その歳の兄妹だけで暮らすなんて、普通のことじゃない」

きっとこの特殊な環境のせいだ、と思う。

もしかすると、悠羽はどこかで俺たちに血の繋がりがないとわかっているのかもしれない。意識していないだけで、本能のようなもので。

「そうじゃなければいいって、思ってたんすけどね」

利一さんは静かに頷いた。

「呑むか。もう、呑むしかない」

「そうっすね。ほんと、呑むしかない」

男二人で頷いて、何杯目かわからないグラスで乾杯をした。


「……やっちまった」

ぐらつく頭をどうにか安定させて、一歩ずつ家に向かう。

利一さんは明日も仕事なので、家に泊めてもらうことはできない。この状態で帰らねばならないのだ。家まで。

こんな田舎にタクシーはなく、歩くしかない。あったとしても、払う金はないのだが。

幸いなことに、明日は俺は休みだ。二日酔いになっても、休むだけの時間はある。

目下の問題は、この状態で帰れるかということだ。

休み休み進んではいるが、もういっそ道ばたで眠ってしまいたい。真夏だから、虫に刺されることはあっても風邪を引くことはないだろう。

　そんな欲求と戦いながら、なんとか体を引きずっていく。

　道を半《なか》ばまで行ったところに、ゲストハウス『白蛇』がある。一階では旅人たちによる宴会が催《もよお》されているらしく、まだ明かりが点いていた。

　そうだ。あの中に混じって、適当に眠ってしまおう。ベッドがなくとも、リビングにあるクッションで眠れる。

　誘蛾灯《ゆうがとう》に引き寄せられる虫のように、ふらっと中に入ろうとした。

　その時、後ろから声をかけられる。

「六郎」

　アルコールで曇《くも》った思考を、一瞬で晴らすような澄《す》んだ声。振り返ると、ジャージ姿の悠羽が立っていた。スマホを懐中電灯代わりにして、頰を赤くし、息を切らして。

「全然帰ってこないから、心配したじゃん」

「悪い。……でも、なんでこんな時間に」

　とっくに日付が変わって、あと数時間すれば空が明るみ出す。いつもなら悠羽はとっくに寝ているはずだ。

「利一さんが連絡くれたの。帰るの大変そうだから、迎えに行ってあげたらって」

「起きてたのかよ」

「私の勝手でしょ」

「そうだな」

「水」

ペットボトルを渡されて、言われるがままに飲む。すぐに効果が出るものではないが、それでもいくぶんかはマシになった。

なんとか帰ることはできそうだ。

「ありがとな」

「なにが」

「今日のことも、昨日のことも」

昨日のこと、という部分に反応して悠羽の表情が固くなる。

どうすればいいのかわからないのは、俺だって同じだよ。だけど、断ち切れないんだ。

お前との関係だけはなくしたくないから、嘘で包んで大事にしていた。その嘘が意味を成《な》さなくなっても、まだ、ここにいたいと思うから。

手を伸ばして、軽く頭を撫でてやる。ぽんと叩くように、短い間だけ。

ポケットに手を入れて、少女の横を通り過ぎる。

「ほら、帰るぞ」

悠羽はぼうっとした顔でしばらく立ち尽くしていたが、小走りで近づいてくると、勢いよく

俺の左手を取った。

「うん。帰ろ!」

どこか吹っ切れたような、彼女の明るい声。それがあんまりにも心地よくて、俺はなにか言おうとして、その全てを呑み込んで、ただ笑っていることしかできなかった。

変わってしまったもの、取り返しのつかないこと、その全てを包み込むように、鈴虫が鳴いていた。

◆

心臓が高鳴って、眠れないのにも慣れた。

撫でられた頭を何度も触って確かめながら、悠羽はぼんやりと天井を見つめる。

白馬の王子様に憧れなくなったのは、六郎と再会してからだった。

それまでの悠羽は家庭内の不協和音に耐えられず、幻想に縋《すが》っていた。雲のように不定形で、実体のない温《ぬく》もりを求めていた。

王子様がいると思っていたのではない。

王子様がいなければ、自分は救われないと思っていたのだ。

だが、そんな妄想は現実によって破壊された。

三条六郎《さんじょうろくろう》という男は、白馬の王子様とはほど遠い。邪悪な笑みをたたえ、狡猾《こうかつ》に周囲を騙《だま》し、人の弱みにつけ込んで条件を呑ませる。それも悪の親玉という器《うつわ》ではなく、参謀《さんぼう》ぐらいの立ち位置である。

目的のためなら手段を選ばず、優しさには偏《かたよ》りがあり――そしてそれは、悠羽へと注がれる。六郎という悪役の似合う男は、ただ一人、悠羽にとってだけのヒーローだった。

いくつも傷を負い、あるいは傷をつけてきたその手は少し冷たく、血の温もりがした。不器用な微笑みは、どんな幻想よりも眩《まぶ》しかった。

いつも現実に急《せ》かされている彼との生活は、悠羽の中にも焦燥《しょうそう》を生んだ。

少しでも六郎の力になりたい。

日々の積み重ねで、その思いは大きくなった。

そしていつしか、彼と共に生きていきたいと思うようになった。

この不安定な世界を、この先もずっと二人で。

だって、そうじゃないと足りないから。

明日は一瞬で今日になって、刹那《せつな》のうちに思い出に変わる。

あっという間に終わっていく夏に、まだやり残したことがたくさんある。きっとこれからの季節も、やりたいことばかり増えていく。

――六郎は、私の願いを叶えてくれる。

文月に言われたことは、きっと本当なのだろうと悠羽は思う。時間をかけて、準備をして、きっと六郎は応えてくれる。

精一杯のアプローチをする悠羽に、戸惑《とまど》いながらも彼は応じてくれる。隣で眠って、手を繋いで、頭を撫でてくれる。喧嘩したと思っても、すぐになんとかしようとして、そのたびに近づく距離に、心臓が高鳴った。

我慢するのはもう、限界だった。ここで諦めたらきっと後悔する。

たとえ六郎を傷つけることになっても、彼の人生の邪魔になるとしても。

欲しいものは、欲しいんだ。

(やっぱり私は、六郎の妹なんだね)

目が合って、悠羽が笑って六郎が笑い返す。そんなありふれた、なにげない瞬間。日常のなかにいくつもあった、かけがえのない宝物。この夏ごと閉じ込めてしまえるなら、悠羽は、悪になることだって怖くなかった。

彼女の願いを叶えてくれる六郎の、その優しさを利用することになっても。

六郎が悪の参謀なら、悠羽は強欲な魔女になればいい。

そうすればきっと、お似合いの二人になれる。

第5話　嘘つきと愛の物語

「お祭りの日までに、利一《りいち》さんに告白します！」

拳《こぶし》を固く握りしめて、加茢美涼《かがりみすず》は宣言した。チャームポイントのポニーテールは風に凛《りん》と揺れ、瞳《ひとみ》には決然とした意思が宿っている。

それを聞いた悠羽《ゆうは》は、周りの子供たちと一緒にぱちぱちと手を叩《たた》く。子供、と言ってもここにいるのは中学二年生が一番の年少で、幼《おさな》い空気感は抜けていた。

蛇殻祭《へびがらまつり》に向けての準備をする学生たちの、中心メンバー。悠羽はそこに加わって、美涼が開くという屋台の準備をしている。

当日に出すというお好み焼きの試作をして、片付け終え一段落したタイミングでの宣言だった。

集まった少年少女は「やっとか」と、どこか呆《あき》れたように、けれど美涼の背中を押すように笑っている。当の本人は頭を掻《か》きながら、「いや〜、ここまで来るともう、逆にタイミングがなくなっちゃって」と照《て》れている。

十年。

美涼が利一を想い続けた年月である。

当時まだ十歳だった彼女は、高校生だった利一に恋をした。昔からよく遊んでくれる相手が彼で、憧《あこが》れから初恋へ至《いた》ったのである。高校卒業後、利一は村を出てイタリアへ料理の勉強をしに行った。

帰ってくるたびに美涼は彼に会いに行った。「利一くんの邪魔はしちゃだめよ」という周りの声に従って、告白することはなかった。

美涼が中学三年に上がったとき、利一から「いつかこの村で店を作りたいんだ」という夢を聞いた。その時まで、彼が帰って来るのを待つのだと決めた。

高校生になって、卒業して、大学に通って二年。ついに今年、彼は自分の店を持った。

やっと、時が満ちたのだ。

美涼も二十歳《はたち》になった今、しがらみはなにもない。

「そしてゆくゆくは結婚、二人でこの村を盛り上げたいなー、なんて……えへへ」

思いっきりデレデレする美涼に、周りから「気が早いぞー」と声が飛ぶ。

タイミングを見て悠羽も、

「頑張ってください」

と伝えた。

そしてそんな彼女の姿を見ながら、自分のことについても思いを巡《めぐ》らせる。

◇

「せっかくのお祭りだからね。僕もなにかしら貢献《こうけん》しないと、爺《じい》さんたちに怒られる」

蛇殻祭の会場準備は、一週間ほど前からゆっくりと進められる。

村の大人たちが集まって、今年はどこになんの屋台を出すか、休憩所《きゅうけいじょ》のベンチはいくつ置くか、このご時世に喫煙所は必要か……などと話し合う横で、俺と利一さんは腕組みして待機している。

今日は実際の設営ではなく、全体への説明が中心なのでやることがないのだ。二年前に引き続き、今回も俺は運営サイドでの参加である。観光客というわけにはいかないんだな、これが。

畑仕事ですっかり気に入られ、貴重な筋力と見なされた結果、今じゃ立派《りっぱ》な主要メンバー。

「利一さんも出店するんですか？」

「いいや。美涼は自分の屋台をちゃんとやるって」

「加茘のやつ、手伝うって言ったでしょう」

この村おかしいって。

「じゃあ、俺が手伝いましょうか？」

「ロクは他のこともあるだろう。大丈夫。こっちは大高《おおたか》一族でなんとかするよ」

「わかりました」

「そうだロク。これ、うちで余ってたからあげるよ」

「なんですかこれ……ああ」

手渡されたのは、破れないように包装された蛇《へび》の抜け殻《がら》。全体ではないらしく、ほんの小さなものだ。もしかすると、そのへんの山で拾ったのかもしれない。

金運上昇の縁起物《えんぎもの》、というのが一般的な解釈だが、この村においては少しばかり事情が異なる。

「俺、あの昔話苦手なんですよね」

他の人もいる手前、嫌いだという表現は避けておく。

「蛇は嫌いかい？」

「いや……蛇はどうでもいいんですけど、俺にはよくわかんないなって。あの物語、共感できないんです」

「なら財布《さいふ》に入れておくだけでもいいさ。金運があって困ることはないだろう」

「ですね。ありがとうございます」

もらった抜け殻をしまって、そっと息を吐いた。

◇

村の外からも、屋台を出店する人々は集まってくる。祭りに向けて、日ごとに女蛇《おなへび》神社はその姿を変えていき、参道の両脇《わき》には行灯《あんどん》が吊《つ》り下げられる。

俺はといえば、夏の終わりに駆け込んできた客を相手にゲストハウスを仕切りながら、防火訓練に顔を出したり、働き手の減った畑に引っ張られたり——輪をかけて忙しい毎日を必死に過ごしていた。

この時期になると、村の子供たちも全員参加で祭りの準備に加わる。宿題を見てやったちびどもが、あちこち駆け回って立派に仕事をこなす。面倒《めんどう》なものは俺と一緒に済ませたので、ほとんどの子供が宿題を完了させているらしい。

利一さんは屋台用のメニューを試行錯誤《さくご》して、加苅は彼女の率《ひき》いるメンバーでなにかしらしているらしい。悠羽もその中で頑張っているらしく、最近は話す機会もほとんどない。

終わりゆく夏の、その集大成に向けてそれぞれが動いている。


ゲストハウスの仕事を終えて、ほっと一息つく。

本日最後のチェックインは、午後八時にやってきたバイク乗りの女性。一人旅の途中らしく、トラブルで到着が遅れたようだ。彼女にご飯を食べられる店を紹介して、ようやく引き上げたのはさらに一時間後だった。

家に戻ると、俺以外は食事を終えて台所には文月《ふづき》さんだけが残っていた。

「おかえりなさい。遅くまでご苦労さま」

「ただいま。お腹空《なかす》いた」

「今から温めるから、座って待ってなさいな」

「ありがとう。——あ、文月さん。明日来る客なんだけど」

予約の確認をしているときに目に入って、ひどく驚いたことがある。

あの野郎、お泊まりデートはできないくせに、旅行に連れ出すことには成功したらしい。ネットからの予約だったらしく、今日確認するまで気がつかなかった。俺に言わなかったのはサプライズのつもりだろうか。こっちもサプライズで料金倍にしてやろうか。などと思うが、今回だけは許してやるとしよう。

「新田圭次《にったけいじ》ってやつ、俺の友達なんだ」

「あらあら。ロクちゃんのお友達さんなのね。楽しみだわ」

湯気の立つ料理を並べて、卓上に並んだ大皿のラップを取る。一通り用意ができると、文月さんは俺の前に座った。

「どうぞ」

「いただきます」

手を合わせ、本日も文月さんの手料理をいただく。熟練の和食は、何度食べても飽きが来ない。バリエーションの豊富さもさることながら、一品一品の完成度が非常に高い。旅館で出されても気がつかないほどだ。

箸《はし》を動かす俺の前で、文月さんはお茶を飲んで目を細めている。

孫を眺《なが》めるような視線、とはこういうのだろうか。いまいちピンとこないが、優しい視線は心地よい。

「もうすぐロクちゃんたちがいなくなると思うと、寂《さび》しいわぁ」

「俺だって寂しいよ。でも、戻らないと」

「ゆうちゃんの学校があるものね」

「うん。それもあるし……やっぱり俺は、ここにいるべきじゃないって思ったから」

「いるべきじゃない、とはどういう意味？」

穏《おだ》やかな口調の問いに、口元を緩《ゆる》めて微笑《ほほえ》む。

「ここは居心地がよすぎて、甘えたくなる。きっとそのうち俺は頑張るのをやめて、現状に満足する――それが幸せなのはわかるんだけどさ。まだ、足掻《あが》いてみたいんだ。俺はまだなにもやり尽くしてない。全力でやってみて、俺の仕事が社会に通じるかを知りたいんだ」

「そう。やっぱり、大きくなったわ」

二年前はただ、あの街に戻らなくてはと思った。残してきた悠羽が心残りで、けれど彼女に会う勇気もなく、半端なままでここを立ち去った。

でも、今回は違う。

この村で思いっきり働いて、やっぱり自分は仕事が好きなんだと気がついた。熊谷《くまがや》先生と話して、なんとなく再開した英語。クリスさんに出会って、それを仕事にしたいと思うようになった。

バイトでなんとか繋《つな》いでいくのではなく、確固たる基盤を築ける仕事を、自分の身につけたスキルで手に入れたい。

だから挑むために、ここを出ていく。

「帰ってきたら、またご飯作ってくれる？」

「もちろん。ロクちゃんはよく食べるから、作り甲斐《がい》があって楽しいんだから」

「そっか。それはよかった」

つくづく自分は恵まれていて、世界は広いなと思う。

学生時代には、こんなに優しくしてくれる人がいるとは知らなかった。あの狭い校舎だけが世界だった頃は、世の中には敵の方が多いのだと、真剣に信じていたものだ。

現実は違った。

世の中の大半の人間は、俺に興味などありはしない。そして人は、興味のない相手に敵意を抱かない。敵意なく始まった関係は、やがて友好的なものへと変わっていく。

高校を出てから知り合った人は、味方の方がずっと多い。

「年賀状くらいは送ってちょうだい。元気にしてるってわかるから」

「わかったよ」

まあでも、近い将来にきっとまた来ることになる。

俺にとってこの村は、帰ってきたい場所だから。

◇

「さぁぁぁあぶぅぅうううう！」

「相変わらずきめえなぁ」

次の日の夕方。予約通りにゲストハウスへやってきた圭次を出迎える。自分の車でここまで運転してきたらしく、長旅の疲労が顔に浮かんでいた。

「つーかお前、よく旅行なんてできたな。なに盛ったんだ？」

「誓《ちか》ってなにもしていない！　催眠《さいみん》も睡眠《すいみん》剤も使ってない！」

「まじかよお前。立派になりやがって」

「夏が俺を、また一つ大人にしちまったのさ――」

「お前の部屋ねえから」

気取った茶髪を手で掻《か》き上げる仕草《しぐさ》がうざくて、うっかり圭次の予約をキャンセルしてしまった。まあでも、圭次なら大丈夫だよな。そのへんに砂利《じゃり》とかあるし。夏だし。

「ごめんなさい六郎《ろくろう》さん。圭次さんったら、久しぶりに会えてはしゃいじゃってるみたいで」

後ろから現れた奈子《なこ》さんは、いつものおっとりした顔をしている。疲労が少しも感じられないあたり、やはり底知れないものを感じる。

「圭次さん。お仕事中なんだから、あんまり邪魔しちゃダメですよ」

「わ、わかってるよ奈子ちゃん。っていうか俺だって、はしゃいでたわけじゃないからね」

「ふふっ」

弁明するも、微笑み一つで簡単にかわされる圭次。この二人の関係はなんというか、一周回って仲睦《なかむつ》まじいな。

「敷かれてんなぁ」

「奈子ちゃんにはかなわないぜ……」

幸せそうにため息をついたところで、注意書きを渡す。サインを書かせて二人を部屋に通す。

ちなみに部屋は別々。奈子さんが個室で、圭次がドミトリー。さすがに同室とはいかなかったらしい。やはり奈子さん、ガードが堅い。

今回の旅行にゴーサインが出たのも、俺と悠羽が女蛇村《おなへびむら》にいるから、という理由らしい。特に悠羽が屋台に関《かか》わると知ってから、奈子さんも乗り気になったという。感謝してほしいもんだ。

　せっかくの旅行を邪魔するのも悪いから、仕事が終わり次第《しだい》すぐにゲストハウスから引き上げた。

　家には直行せず、女蛇神社に寄って作業の進み具合を確認する。俺がいてもすることはないが、気になってしまうのだ。遠巻きに眺めれば、参道のあっちこっちで大人たちが話し合いをしている。その中には加莉も混ざっていて、難しい顔をしていた。

　俺は大人しく家に帰って、文月さんとご飯を食べる。今日も悠羽は、学生たちでの屋台の準備で忙しいらしい。祭りはいよいよ明日に迫り、誰もが仕上げに必死になっている。もちろん俺も、朝からあっちこっち駆り出される予定だ。

　寝る前に加莉に声をかけよう。それから悠羽に、祭りを一緒に回るか聞いておこう。

　明日という日が、良い一日になるように。

◆

　――だが、その夜、悠羽と加莉が帰ってくることはなかった。

風鈴《ふうりん》の音が寂しく聞こえて、つられるように悠羽は顔を上げた。網戸《あみど》越しの風は、温《ぬく》もりの中に秋の涼しさを含んでいる。

セミたちの合唱もどこか弱く、風の匂《にお》いも青さが消えていた。

季節の変わり目を実感したのは、久しぶりのことだった。

いつもの夏は、休みが終わってしばらくして、文化祭がある頃にようやく終わったと知る。他の季節に関してもそうだ。雪がちらついて、桜が咲いて、それでやっと変化に気がつく。

けれど今年は違った。

この時間の終わりがとにかく惜《お》しくて、まだ暑いのに、はっきりと実感する。

夏が終わっていく。

美涼が出す屋台の準備は、仕上げの段階に入っていた。使うテントは既《すで》に神社へと運ばれており、組み立ても夕方までに済ませた。今は村の集会所に集まって、お品書きなどを作っているところだ。

水性サインペンを使って、紙の上に見やすいよう大きめの文字を書いていく。悠羽は字が綺《き》麗《れい》だから、という理由でその下書きを担当した。ゆえに作業はすぐ終わり、あとは見守りの時間である。

真剣な顔で色を塗っていくのは、昔から美涼と関わりのある咲恵《さえ》という少女だ。丸っこい顔で眼鏡《めがね》をかけている。時おり浮かべる優しげな笑みが印象的だ。歳《とし》が近いこともあって、悠羽は作業中よく彼女と一緒にいる。

雑談混じりに作業をしながら、リーダーの帰りを待つ。

ついに祭りは明日。つまり、美涼が利一に告白するなら今日のはずだ。

悠羽も咲恵も、その他の面々もそわそわしていた。だが、敢《あ》えて誰も口には出さないでいた。

黙々と自分の仕事をするフリをしながら、一定時間ごとに入り口の方へ視線を流す。

音を立てて扉が開いたのは、夕方の六時を回った頃だった。

ぱっと顔を上げた先に、ポニーテールのシルエット。逆光で表情の見えない彼女は、近づいてくるとぱっと笑顔を咲かせた。

「みんなありがとねー！　作業はどんな感じ？」

蛍光灯《けいこうとう》がその顔を照らしたとき、誰もが息を呑《の》んだ。

いつものように表情筋をしっかり使って、大きく笑みを繕《つくろ》う美涼のその目が――赤く腫《は》れていたから。

悠羽と咲恵は顔を見合わせ、すぐに逸《そ》らす。慌《あわ》てて取り繕おうとする彼女たちの方へ、美涼は歩いていき、屈《かが》みこんだ。

「おおー。綺麗にできてるね。もうちょっとで終わりそう？」

こくこく首を上下に振る咲恵に合わせて、悠羽もなんとか肯定する。

誰の目から見ても、美涼にあったことは明らかだった。ただ、誰にもそれを口にする勇気はなくて。どうしようもない沈黙が室内に満ちていく。

一通り見たところで、再び美涼は学生たち全体に向けて声をかけた。

「スタートは明日の夕方だから、今日はこのへんで終わりにしよっか。ちゃんと休んで、元気いっぱいで頑張ろう！」

威勢《いせい》良く拳を突き上げる動作に反して、ポニーテールはしゅんとしている。

「それじゃ、あとは任せるね！」

口調だけははきはきと、誰かが問うてしまう前に美涼は踵《きびす》を返して出ていった。

それでようやく、悠羽たちの静止も解ける。

——追わなくちゃ。

そう思って、腰を浮かす。だが、彼女が動くよりも先に咲恵が飛び出した。その後ろを追って外に出る。

出口からすぐのところで、美涼はうずくまっていた。咲恵に抱きしめられ、肩を震わせ泣いている。

悠羽は立ち尽くし、それからゆっくりと近づいていく。胸のところに添えた手が小さく震えて、ぎゅっと握りしめる。

ゆっくり近づいて、二人の横にしゃがんだ。

この村で共に育ち、ずっと美涼を見てきたのは悠羽ではない。だから彼女は、咲恵のように抱きしめてやることはできなかった。

ほんの少しの疎外感《そがい》と、この夏の間に積み重ねてきた友情でここにいる。

アスファルトには涙で染《し》みができていた。美涼の漏《も》らす嗚咽《おえつ》が、セミの声よりはっきり聞こえて、胸が苦しくなる。

彼女の姿を見て、悠羽は大きく影響された。

好きな人を好きだと言って、真《ま》っ直《す》ぐな恋をする彼女が羨《うらや》ましくて、憧れた。自分の中にある感情を無視できなくなったのも、彼女の存在が大きい。

だから勝手に共感していたし、応援していた。

「利一さん……もうすぐ結婚するんだって………。留学先で会った人と……」

零《こぼ》れた言葉は頼りなくて、鼻をすすりながら絞《しぼ》り出される。

咲恵が背中をさすりながら「それは本当なの？」と問う。狭い田舎《いなか》だ。そんな話があれば、既に皆が知っているはずだ。大高利一という男は、隠し事が得意なタイプでもない。

「わかんないよ……でも、利一さんに迷惑だって思われちゃうのは、嫌だよ……」

くしゃりと紙を握りつぶしたように、美涼が笑う。

「あたしね、ほんとは気づいてたんだ。利一さんにとって……八つも年下のあたしなんて、妹にしか見えてないってこと」

彼女にとっては、利一が結婚するかどうかは関係なかった。ただ自分の恋が成就《じょうじゅ》しなかった。それだけだ。

「告白したらフラれるって知ってたから、十年もかけちゃった……ほんとバカみたいだよね。あはは……」

そんな笑い方をする美涼は嫌だなと、悠羽は口の中を噛《か》む。けれどなにも言えない。咲恵ですら黙っているのに、悠羽に言えることなんてなかった。

嘘《うそ》笑いの後に、美涼は電源が切れたように下を向いた。

掠《かす》れそうな声で呟《つぶや》く。

「帰りたくないなぁ。お婆ちゃんにも、ロクくんにも会いたくない」

「うちに来て。話聞くから。ね、悠羽も」

咲恵は丸っこい顔で母のように優しく言い、隣にいる少女にも声をかける。

「あ、うん。私も……いいの？」

「いいに決まってるでしょ。みっちゃん、文月さんには電話するから。うち行こ？」

「……うん」

自分もなにか言わなければと、悠羽も必死に言葉を探す。

「美涼さん……」

「ごめんね」

だが、それを遮《さえぎ》るように美涼が謝った。

その横顔は弱々しく、笑顔のない空《から》っぽだった。

◇

悠羽から電話がかかってきたのは、風呂から上がってすぐのことだった。

応答して、縁側《えんがわ》に腰を下ろす。

「もしもし六郎？　私だけど」

「おう。今日は友達のところに泊まるんだってな。準備が間に合わないとかなら、俺も手伝おうか？」

「大丈夫。ただの女子会だから」

「そっか。なら安心した。事故とかじゃないならいいんだ」

「連絡遅れてごめんね」

「次から気をつけてくれればいい」

と、そこまで会話が進んだところで会話が途切れた。

せっかくの女子会なんだから、俺と長電話したいわけでもないだろう。単純に切るタイミングを逃しているのだろうか。

……いや、この雰囲気《ふんいき》は違うか。

しばらく待ってから、それでも続く沈黙に続きを促《うなが》してやる。

「なにがあったかは言わなくていいから、言いたいことだけ言え」

「ええっとね……私はなんとかしたいと思ってるんだけど、私にそんな資格があるとも思えないし、正しいのかもわかんないし、それをやりたいのも自分の勝手みたいなことがあるんだけど、どうすればいいのかなって。……これじゃわかんないよね」

「ちょっと待ってろ。考えてみる」

言いたいことだけ言えとは言ったが、こんなに曖昧《あいまい》だとは思わなかった。まじで一ミリも内容は理解できない。

けれどまあ、悠羽がなにかに葛藤《かっとう》しているのは伝わってくる。

そこに焦点《しょうてん》を合わせれば、全く意図が伝わってこないというわけでもない。

「要するに、間違ってることを正したいんだろ。自信はないけど、そうしなきゃいけないって思う——そういうことだな」

「うん。すごくそう」

すごくそうってなんだよ。と指摘《してき》したい気持ちはあったが、飲み込んでおく。茶化していい空気ではないから。

「だったらそういう時の、俺の行動方針を教えてやる。使うかどうかは、自分で決めろ」

「わかった」

「自分で考えて、自分で行動しろ。その上で、すべての責任を負う覚悟をしろ。――それが最大限払える誠意だ」

悠羽を連れ出すと決めたあの日、俺は誰の力を借りずとも行動するつもりだった。圭次が助けてくれたけれど、それがなくても行動したに違いない。彼女のその後の生活についても、俺が連れ出すことによって生まれる問題も、すべての責任を負う覚悟があった。だからできる限りの手を尽くして、大人たちとも対峙《たいじ》した。

傷を負うだけの覚悟がないなら、なにかを正すことなんてできやしない。俺から見える間違いは、他者から見れば正しさだ。誰かの手から正しさを奪うなら、そこには必ず軋轢《あつれき》が生まれる。

息を吐いて目を閉じる。

本当は、悩んでいるのならちゃんと聞きたい。代われるなら代わってやりたい。けれどきっと、彼女はそれを望まないから。

言葉を切って、締めくくる。

「こんな感じでいいか？」

「ありがと」

電話越しの声は、いくぶんすっきりしていた。ちょっとは効果があったらしい。

「ならよかった」

首の後ろを掻いて、息を吸う。

せっかくだし、今のうちに明日どうするか話しておくか。

「あ、呼ばれてるみたい。そろそろ戻るね。おやすみ」

「あのさ悠羽。祭りなんだが——」

声が被《かぶ》って、ぷつりと通話が終わる。

ロック画面に戻ったスマホを見つめて、しばし思考を停止。

「…………」

まあ、そういうこともあるよな。

◆

「——あれ、六郎、なにか言いかけてなかった?」

通話を終了したあとの画面を眺めながら、悠羽は慌ててメッセージを送る。

『ごめん。なんて言ってた?』

しばらくして、返ってきた文はそっけなかった。

『なんでもない』

（絶対なんかあるじゃん……！）

すぐにでも問い詰めたかったが、それどころじゃなかった。ガールズトークは過酷《かこく》なのだ。

◇

真っ白な蛇の抜け殻を夕陽《ゆうひ》にかざして、独《ひと》りごちる。

「くだらねえ」

何度思い出しても、この村に伝わる物語には共感できない。

だが、観光客への受けはいいようだ。参道を抜けた先の境内《けいだい》で、子供たちが演劇を行っている。愛し合う二人が身分の違いによって引き裂かれ、愛によって結ばれる物語。村の人々は子供の劇見たさに、観光客は物珍《ものめずら》しさに、人だかりというほどではないが、近づかないと見えないくらいには混《こ》んでいる。

演劇に心を打たれた人は、恋人に渡すために蛇の抜け殻をせっせと購入する。販売は神社で行っていて、恋愛に関心がなくとも金運が向上する、と謳《うた》っている。

奈子さんと旅行に来た圭次はもちろん、今日になって再訪したクリスさんも買っていた。

俺なんかは絶対に買わない派なのだが、利一さんにもらったものがある。

その利一さんは今、せっせと自分の屋台で仕事をしていた。祭りのために開発したホットサンドは早くも大人気で、買うには並ぶ必要がある。あの状態なら直《じき》に完売するだろう。

俺は会場のパトロールという名の散歩をしている。

火事や迷子などのトラブルがあったとき、即座に対応するのが仕事だ。だが火災に関しては事前に安全確認をしているし、迷子についても子供はほとんど地元出身で迷いようがない。

仕事らしい仕事は、なにもない。

あまりに暇《ひま》なので、加莉の開いた屋台に顔を出す。店頭には、額《ひたい》まで真っ赤にしながらお好み焼きを作るポニーテールがいた。黒いシャツを着て、鉄板と向き合う姿が板についている。

「へいロクくん！　一つ食べてってよ。今なら焼きたて熱々に、鰹節《かつおぶし》増量サービスしちゃうよ！　買わなきゃ損損《そん》！　もったいないよ〜」

「うるせえ」

常日頃《つねひごろ》と変わらないテンションで、ぐいぐい声をかけてくる。今日に関しては、周りに人もいるので普通に恥《は》ずかしい。

腕組みして近くに行くが、悠羽の姿はない。

「悠羽っちなら買い出しに行ってるよ」

「なんでわかんだよ」

「ロクくんが黙ってるときは、だいたい悠羽っちのことを考えてるからね！」

「そんなことはない。普通に世界平和とか人権問題について考えてるときの方が多いぞ」

俺くらい立派な人間になると、誰か一人についてではなく全人類に思いを馳《は》せるのだ。だから今回は、約七十億分の一の確率で正解したにすぎない。ラッキーガール、加茹。

「困ってることとかないか？　人手が足りないとか」

「だいじょうぶい！　ぶいぶい！」

「あっそ。んじゃ、俺は他行くから頑張れよ」

「買ってかないの？」

「一人で食ってもしゃーないだろ。後でまた来る」

「悠羽っちが休憩になったら言っとくねー！」

「まじでうるせえよ」

気遣《きづか》うならわざわざ声に出すな。目立つから。

しかし、こうなると本格的にやることがないな。

圭次の邪魔をするのはさすがに気が引けるし、クリスさんは映像に収めるのに熱中している。

あとは全員仕事。文月さんはゲストハウス。

どうにか時間を潰《つぶ》したい。だが、悠羽のことが気になってしまう。

あいつは昨日、どんなことに悩んでいたのだろうか。そして今、どんな結論を出したのだろう。

利一さんの疲れ切った表情と、加茢の赤く腫れた目。

もしそれらが、無関係ではないとしたら。


俺はこの夏に、どんな結論を出せばいい？

◆

――私だけが、有効なカードを持っている。


そのことに気がついたのは、六郎に電話をかける直前だった。

「どうしてこんなに遅く生まれちゃったんだろ……」

そう嘆《なげ》く美涼を見て、電流が奔《ほとばし》るように思考が繋がった。自分がしたいこと、自分だけに言えることが見つかったのだ。

利一が美涼を大切に思っているのは、村の誰もが知っている。

だが、大切に思うがゆえに遠ざけることもあるのだと、それも皆が知っている。

八歳違いでの恋愛など、芸能界で聞くぐらいだ。悠羽たち高校生からすれば、それは途方もない差である。

三歳違いの六郎ですら遠く感じるのに、その倍以上もある年齢差。そんな二人が見る景色はどんなものなのだろうか。

そこに断絶があることは、想像に難《かた》くない。

それでも。

一緒に働いてきた身として、利一と美凉はお互いを大切にしていると断言できる。

もうすぐ結婚するというのも、美凉を遠ざけるためだけの嘘《うそ》だろう。

そんな嘘一つで終わっていいほど、美凉の十年は軽くないはずだ。

だから悠羽は覚悟を決めた。

自分を明るく迎え入れて、毎日元気に引っ張ってくれた美凉と、
包み込むような優しさで、初めての職場を提供してくれた利一。

二人のために——否《いな》。二人と共に一夏を過ごした、自分のために。


屋台のみんなでお揃《そろ》いにした黒いTシャツは、参道に並ぶ屋台の中でも一際目《ひときわ》を引いた。

なによりまず、人数が桁違《けたちが》いだ。他の屋台は二、三人で切り盛りしているのに対して、美凉のところには常《つね》に十数名が出入りしている。

この一角だけ学園祭のようで、その懐《なつ》かしさもあってか、多くの人が足を止めてくれた。

「いらっしゃいませ～。お好み焼き、焼きたてで美味《おい》しいですよ～」

子供たちが代わる代わる声を張れば、それに乗って周りの屋台からも声が飛ぶ。祭りの客は例年より格段に多い。見知らぬ顔を見るたびに、美涼はたまらなく幸せな気持ちになる。

利一にフラれたことは消えないが、それとこれとは別の話だ。彼女がこの村を想い続けてきた時間も、等しく長いのだから。

美涼が額に浮かぶ汗《あせ》をぬぐったところで、後ろから声がかかった。

同じく黒いTシャツを着た、セミロングの髪の少女。綺麗な顔を汗と熱で汚しながら、やる気に満ちた目を向けてくる。

「買い出し行ってきました。あとなにか、足りない物はありますか？」

「ありがと！　たぶんもう大丈夫！」

「わかりました。……けっこう混んでますすね」

「うん。ありがたいね」

「私も焼きます。——ごめんね、ちょっと代わるよ」

鉄板の前に立っていた中学生と入れ替わって、慣れた手つきで生地《きじ》を落とすと、焼けた物を順にひっくり返していく。

その手際は、美涼に次いで悠羽が二番目にいい。文月のもとでも料理を練習しているので、単純にこの中では経験が豊富なのだ。

油の音と焼ける小麦の匂いの中で、美涼が隣の彼女に声をかける。

「そういえばさっき、ロクくん来てたよ」

「なにか言ってましたか？」

「ううん。でも暇そうだったから、休憩時間になったら行ってあげて」

「はい。……といっても、しばらくは休めなさそうですけどね」

ぞろぞろと屋台の前に伸び続ける列を見て、表情を引き締める。嬉《うれ》しいことだが、大変でもある。

ここが正念場だと、悠羽は気持ちを入れ直す。

◆

売り切れで仕事から解放されたのは、それから二時間以上が経《た》ってからだった。

時刻は午後八時を過ぎ、気がつけば祭りも締めのムードになっている。参道に並ぶ行灯は、寂しくなった石畳《いしだたみ》を照らしていた。

周囲の屋台も客足が遠のいて、少しずつ片付けが始まっている。

「結局最後まで働かせちゃってごめん！　片付けはあたしたちに任せて、悠羽っちは行って！　ロクくんにも悪いことしちゃったから、急いで」

美涼に追い出される形で、悠羽は屋台から離れる。

周囲を見渡して、知っている人を探す。誰もいないのを確認してから、本殿《ほんでん》の方へ歩いて行く。鳥居《とりい》をくぐって、開けた場所に出ると、そこにはまだ人の活気があった。

隅《すみ》の方に、しっとりと身を寄せて語り合う圭次と奈子がいる。二人に気がつかれないよう、悠羽は静かに背を向けた。

人の流れをかき分けて、六郎の姿を捜す。

どんな人混《ひとご》みの中でも、彼のことを見つける自信はある。顔が見えなくても、あの背中を見ればすぐにわかる。

なのに、その姿はどこにもなかった。

一周したところで、悠羽は何度も瞬《まばた》きする。乱れた呼吸と髪を整えて、目を閉じる。

(見つからないなら、今のうちに……)

足の向きを変えて、今度は酒盛りをしている大人たちの方へ向かう。設営されたテントは一際大きく、観光客も交えて大宴会となっている。

その片隅に、所在《しょざい》なさげに座っている男を見つけた。

彼の屋台も盛況だったようで、既に明かりを落として店じまいをしている。

手に持った紙コップを揺らしながら、なんとか抜け出すタイミングを窺《うかが》っているように見える。髪を後頭部で結んで、人の良さを滲《にじ》ませる困り顔。どこか六郎に似た彼に、悠羽は声をかけた。

「利一さん。今、少しいいですか」

「どうしたの。六郎ならここにはいないよ」

振り返ったその顔はいつも通りで、周りの人と違い赤くない。酒の匂いも、彼からはまるでしなかった。コップに入っているのは緑茶だろう。

「いえ。利一さんに用事があるんです」

「僕に」

「はい」

「……わかった。抜ける口実を探してたから、ちょうどいいや」

コップを長テーブルに置いて、パイプ椅子《いす》から立ち上がる。悠羽を前にして、利一の表情はどこか辟易《へきえき》したようでもあった。なにを言われるか、薄々《うすうす》察しはついているのだろう。

それどころか、もう既に悠羽以外の人にも言われたのかもしれない。それ以前に、彼自身が一番自分を責めたはずだ。

建物の陰《かげ》に隠れるが、そう暗くない場所で向かい合う。

大きく息を吸って、それを吐き出して、悠羽はしっかりと利一の顔を見た。

正面から見据《みす》えられて、男の表情に緊張が走る。

「ずっと気になっていたことがあるんです。あの昔話で、どうして男の人は『別の女性と結婚する』なんて嘘をついたのか」

利一は黙って、悠羽の話を聞いている。

「関係を終わらせたいなら、そんなバレバレの嘘じゃなくて『愛が冷めた』とか『恋愛対象として見られない』と言えばいいのに」

「……なにが言いたいのかな」

「六郎ならそうすると思ったんです。私はずっとあの嘘つきといたから、わかるんです。あなたの嘘は、中途半端だって」

美涼に告白されて、慌てて作ったようなずさんな嘘だ。好意を持たれていることはわかっていただろうに、嘘をつく習慣のない利一は準備を怠《おこた》った。

言われた美涼の心は折れているから、目的は達成しているのだろう。

だが、残念ながらこの夏には悠羽がいた。

いつも一緒に働いて、息の合った会話をする二人を見ていた。その関係性は悠羽と六郎のそれに似て、互いに他の人とでは成立しないなにかがあった。

それは恋でなくとも、簡単な情ではないはずだ。

独りよがりな願いかもしれない。それでも悠羽は、問わずにはいられなかった。

「たとえ嘘でも、嫌いだなんて言えないから――だから利一さんは、別の人と結婚するなんて言ったんですね」

　きっと、蛇になってしまった女を振った男も。

　利一と同じように、言えなかったのだろう。他の人と結婚する。だからどうしようもない。そうやって言葉を濁《にご》して、曖昧に突き放すことしかできなかったのだろう。

「そうか。……君と六郎は、兄妹だもんな。僕の嘘なんか通じないわけだ」

　ぐったりと脱力して、利一は石垣《いしがき》にもたれる。唇《くちびる》はだらんと緩《ゆる》み、笑みのような、けれど感情のこもらない表情をしている。

「僕の父親はね、もうずっと昔に病気で亡くなってるんだ。育ててくれたのは母さんと祖父母で、父親はずっといなかった」

　手を組んで視線を落とし、わずかに震えた言葉を利一は紡《つむ》ぐ。

「二十年以上経った今も、母さんは毎日仏壇に手を合わせてる。再婚もせず、一人の寝室で泣いてるのをずっと聞いてきた。

　僕は——そんな思いを、美涼にさせたくないんだ」

　年齢が離れていることでズレるのは、会話の話題や精神の成熟度だけではない。

　死別の時期も異なるのだと、利一はずっと昔から知っていた。

　愛する人を残して死ぬことと、残されて生きることがなにより怖かった。彼と美涼の間にある八年という時間は、嫌でもそのことを意識させる。

仮に結婚したとして、おそらく先に死ぬのは自分で。残された彼女は、どれだけの悲しみを背負うのだろう。そう考えると、どうしようもなく切なくなる。泣いていた母の声が消えなくて、どんな悪夢よりも恐ろしい。

その思いの片鱗《へんりん》を受け止めて、悠羽は声を震わせる。そこにははっきりと、怒りが込められていた。だが、矛先《ほこさき》は利一ではなく、むしろ他にある。

「……本当に、男の人って全然わかってないんですね」

その圧《あつ》は女性特有のもので、利一はつい後ずさる。だが、すぐ後ろは石垣で逃げ場がない。

「そうやって不安に思ってること、全部言えばいいじゃないですか！」

「――っ」

「そんなに美凉さんが信用できませんか？　怖いこと一つも言えないくらい、美凉さんは利一さんにとって子供なんですか？　そんなに大切に想ってるのに、諦《あきら》められてないのは、利一さんだってそうじゃないんですか！」

痛みを堪《こら》えるように、利一の顔が歪《ゆが》んだ。

きっと他の誰に言われても、受け流すことはできただろう。母に怒られても、村の老人からしつこく考え直せと言われても、無視することはできたはずだ。

それくらいの覚悟を持って、美凉を傷つけたのに。

目の前にいる少女の言葉だけは、無視できない。

「たった八年です。たった八年なんですよ。もう美凉さんも二十歳になって、誰も文句なんか言わないじゃないですか。恋をしたっていいじゃないですか。

——血が繋がっているわけじゃないんだから」

目を赤くして、涙を流しながら、震える声で絞り出す。

実の兄を恋い慕《した》ってしまった少女の言葉は、あまりに重たくて。利一は目を瞑《つむ》った。

愛する人を選べるのなら、どれだけ生きやすくなることだろう。選べないから、こんなにも息苦しい。こんなにも苦しいのに、抱えた感情は少しだって減りやしない。

彼女の言葉に敗北したのだと、利一は天を仰《あお》ぐ。

「……悠羽さんの言うとおりだ。僕は、なにより先に美凉と話すべきだったんだ。たとえそれで、あの子が傷つくとしても」

弱々しい足取りだが、彼は向かうべき場所を定めたようだ。その表情は、さっきよりもずっと清々《すがすが》しい。

溢《あふ》れた涙を拭《ぬぐ》って、悠羽は頷《うなず》く。

「行ってあげてください。じゃないと、美凉さんが蛇になっちゃいますよ」

「それは嫌だな」

最後に小さく微笑んで、利一は歩みを速めた。足取りは加速していき、すぐに走り出す。

背中を見送ってから、悠羽はその場に座り込んだ。うずくまって、膝《ひざ》に顔を埋める。気力を振り絞ったから、疲れ果てていた。屋台での疲労も相《あい》まって、このまま眠ってしまいそうだ。

「……会いたいよ、六郎」

待っていても、誰も来る気配はない。

そうだ。彼は王子様ではないのだ。待つのではなく、行かねばならない。

おぼつかない足取りで、悠羽も歩きだした。冷えた頭で導き出した、彼の居場所に向かって。

ゆっくりと。

◇

「悠羽っちならロクくんのとこ行ったよ！」

「見事なすれ違いだな」

片付け真っ最中の加茹は、俺を見つけるやいなや悠羽の不在を伝えてきた。祭りテンションでハイなのだろう。過酷な労働だったろうに、ちっとも勢いが落ちていない。

そして俺はといえば、人混みにやられてだいぶ疲弊《ひへい》していた。おまけに今日は運が悪い。せっかく買った屋台の食べ物も、悠羽がいなければ意味がないというのに。

「気を落とさない。スマイルスマイル！　階段上っていったから、走ればすぐ会えるよ」

「走んねえよ。俺だって疲れてるんだ」

「うだうだ言わない！　さっさと行かないと、悠羽っちが蛇になっちゃうぞ！」

「別にあいつは……」

俺のことなんて、と喉元《のどもと》まで出かかった言葉を飲み込んだ。

たった一度の夏だった。季節が巡る中で、ただそこにあるだけの、一年に一回の、当たり前の夏。一人なら、なんの価値もなかった一カ月。

けれどそこには、悠羽がいた。

足の裏でかき消せる、土に書いた落書きとは違う。適当な言葉で、ありきたりな嘘で、なかったことにできる時間ではない。だから言葉を濁して、視線を外した。境内とは逆方向。悠羽の向かった先は見れなかった。

俺は──

「加苅」

「んー？」

「お前は、凄《すご》いやつだよ」

加苅はポカンとしていた。いつもは元気なポニーテールもぺたんとして、瞬きを何度も繰り返す。それを横目に、俺は歩きだす。

「じゃ、後でな」

ポケットに手を入れて、階段の先を見る。あの向こうに悠羽はいるのだろうか。いたとして、俺は……。

息継ぎするみたいに、思いっきり息を吸う。

加苅はきっと、利一さんに告白した。結果はどうあれ、彼女は想いを伝えた。十年抱えていたそれを、ちゃんと形にした。

俺にはできないことだ。

もう二度と、する必要もないと思っていた。だが……。

鳥居の向こうから、見知った人影が降りてくる。真剣な顔つきは、俺を見ると慌てて足を止めた。利一さんだ。

「……どうしたんですか、そんなに急いで」

「ちょっと、美凉のところに行かないといけなくてね……はぁ、はぁ」

肩で息をして、膝に手をつく利一さん。なにがあったのか、俺には想像もつかない。だが、急いでいるのは伝わってくる。俺と油を売っている場合ではない。

「早く行ってやってください。片付けしてるので、いますよ」

「行くよ……でも、その前に一つだけ」

作業する加苅たちの姿は、ここからでも見える。利一さんは、それを見ながら、ゆっくりと口を開く。

「歳が離れていたとしても、血が繋がっていたとしても——それしか選べない人だっているんだ。ロクにもわかるだろう」

「……」

「それじゃあ、頑張って」

俺の返事を待たずに、利一さんは階段を降りて行った。もう声が届かなくなってから、俺はそっと呟いた。

「……そうですね」

俺は、ゆっくりと次の段を上った。

悠羽はどこにいるのだろうか。鳥居をくぐっても、彼女の姿はない。

人混みから離れるように、俺は合流場所を目指した。約束はない。連絡も取らない。けれど彼女は、きっとそこにくる。

「やっぱりここに来た」

「よくわかったな」

二人で星を見た駐車場は、祭りの音が木々の向こうから聞こえる。明かりは少なく、辛《かろ》うじて手元のビニール袋の中身がわかるくらいだ。この静寂《せいじゃく》が、俺には心地よい。

近づいていくと、悠羽からは煙の匂いがした。ずっと頑張っていたその顔は、健康的な疲労でへにゃっとしている。

悠羽は脱力して、顔も手も下に向けている。そっと、小さな頭が差し出された。

「……頑張ったか?」

「うん。屋台ね、お客さんがいっぱい来てくれて。大変だったけど楽しかった」

「昨日の電話で言ってたこと、解決したか?」

「わかんない。けど、伝えられたと思う」

「そっか。よくやったな」

空《あ》いた右手で頭を撫《な》でてやると、くすぐったそうに悠羽が笑う。そのままもう一歩だけ近づいてくると、ゆっくり俺の腕の中に収まる。

近すぎる距離に俺がなにか言う前に、悠羽が問いを投げてきた。

「ねえ六郎、一つだけ教えてくれる?」

「なにを」

「どうしてあの昔話が嫌いなの? あの、蛇と嘘つきのお話」

「知ってどうするんだよ」

「どうもしないよ。知りたいだけ」

別に答えたくないわけじゃない。物語への感想なんて、どうでもいい個人のものだ。

悠羽の頭に手を置いたまま、ため息交じりに答える。

「俺だったら、十年も待たせない」

嘘をついたせいで女が蛇になって、そこから人間に戻るまでに十年。捧《ささ》げたと言えば美談くさいが、もっと早く助けてやれと思ってしまう。俺だったら、愛を伝える以外の手段も探す。だから共感できなくて、苦手だ。

悠羽は小さく肩を震わせた。笑っているようだ。面白《おもしろ》いことを言ったつもりはないのだが。

「六郎は二週間以内だもんね」

「……まあ、早いに越したことはないからな」

「ふふっ」

くぐもった声で、悠羽が甘く笑う。同時にお腹から、可愛《かわい》らしい音が鳴った。今度の声は、恥ずかしいのかずっと小さい。

「……おなか空《す》いた」

「お前のぶんも買っといたから、座って食うか」

「うん」

駐車場の隅に移動して、比較的マシな地面に腰を下ろす。

「焼きそば、タコ焼き、ウインナー、リンゴ飴《あめ》もあるぞ」

「お好み焼きは？」

「買おうと思ったら売り切れてた。また今度焼いてくれ」

「しょうがないなぁ」

ふにゃりと笑って、美味しそうに焼きそばを口に運ぶ。彼女の目が腫れている理由は、聞かないでおくことにした。きっとそれも、解決したことなのだろうから。

そのとき、鮮やかな光が空に打ち上がった。

「花火！」

悠羽が歓声を上げる。視線の先で、景気のいい大輪《たいりん》が咲いていた。後を追うように、連続して打ち上げられる。それを見ながら、彼女は呟いた。

「……夏、終わっちゃったね」

「そうだな」

「あっという間だった」

「そんだけ楽しかったってことだろ。いいことだ」

「六郎といたら、時間があっという間に過ぎていっちゃう。ほら、もう焼きそば食べ終わっちゃった」

「それは腹が減ってただけだろ」

空《から》になった容器を見せて、くすくす笑う。デザートにリンゴ飴を取って、食紅《しょくべに》の赤を月に照らす。目だけでこちらを向いて、イタズラっぽく悠羽が言う。

「ねえ六郎、なんでもいいから嘘ついてよ」

「無茶ぶりえっぐ。……東京スカイツリーって便宜上は６３４メートルだけど、冬は金属が縮《ちぢ》むから６３３メートルしかないらしいぞ。嘘だけど」

「やっぱり年季《ねんき》が違うね」

「なんだそれ」

しみじみと頷く悠羽に、さすがに困惑《こんわく》してしまう。嘘を見抜かれることは増えたが、嘘をせがまれたのは初めてだ。彼女の変化に困惑する俺と、リンゴ飴を食べる悠羽。

謎としか言いようのない時間はしかし、妙に居心地がいい。ここ数日はゆっくり話すこともなかったから、余計にだろうか。

最後の一かけを飲み込んで、悠羽が立ち上がる。それに合わせて、俺も立った。

花火はとうに終わっていた。ほんの数発。しかし、祭りを締めるには十分な時間だった。

「片付け、手伝いに行こっか」

「だな」

ゴミをまとめて、すっかり人がまばらになった会場へ向かう。その途中で、ポケットの中からカシャリと音がした。足が止まる。

「悠羽」

　自分でも驚くほど自然に、彼女の名前が口をついて出た。

「どうしたの？」

「……ああ、いや、別に大したことじゃないんだが」

　目を逸らして、ポケットから音の正体を取り出す。崩《くず》れないように包装された、小さな蛇の抜け殻。

「それ、私も持ってるよ。美涼さんからもらったの」

　悠羽もポーチから取り出して見せてくる。だいたい同じような、蛇の抜け殻。

　脳裏《のうり》に蘇《よみがえ》るのは、利一さんの真剣な表情と声。

　――それしか選べない人だっているんだ。

　たとえそれが、間違っていたとしても。必死に否定しようとしてみたところで、消えたりはせず、ただ大きくなっていくだけの、その、感情。

　たぶん、最初からわかっていたことだ。とうに出ている答えから目を逸らして、そのくせ手放すこともできないまま、こんなところまで来てしまった。

　俺は最低の嘘つきだ。だから、すべてを伝えることはできないけれど――

「……せっかくだし、交換するか」

「え？」

「気持ちの問題だけど、なんか変わるんだろ？」

「それ、ショートケーキのとき私が言ったこと。……覚えてたの？」

「さあな」

目を丸くする少女に、ぶっきらぼうな答え方をしてしまう。

だが、彼女はふわりと微笑むだけだ。すっかり慣れきっているらしい。

悠羽のを受け取って、俺のを手渡す。たったそれだけのことなのに、妙に気恥ずかしい。まったく俺は、なにをやってるんだ。後悔の感情ごと、ため息で押し出した。

「……別に、あんなこと信じてないけどな」

眉間《みけん》に手を当てる俺の前に、軽やかな足取りで振り返った悠羽が立つ。真っ直ぐな視線で見つめる瞳は、俺以外のなにも映さない。少し伸びた髪を揺らして満面の笑みを浮かべる。この夏をぎゅっと押し込めたような、とびきりの笑顔だ。

指をすっと前に向けて、その先にいる俺へ向かってはっきりと口を動かす。

「うそつき！」

俺は笑った。
悠羽も笑った。
それは俺たちの間だけで通じる、紛《まぎ》れもない愛の言葉だった。

エピローグ

「二人とも、忘れ物はないわね」

「なにかあったら送ってあげるから。思い切って出発しなよ！」

文月《ふづき》さんと加苅《かがり》が玄関前に並んで、大量の荷物を抱えた俺たちを見送ってくれる。

悠羽《ゆうは》の荷物が多かったのは元からだが、今では俺の両手も巨大に膨《ふく》れたレジ袋でいっぱいだ。

村の人たちがお土産《みやげ》にとくれた、野菜やお菓子や、その他もろもろの品である。

ちびたちの面倒《めんどう》を見たり、祭りの手伝いをしたり、なんだかんだ多くの人と関《かか》わった夏だった。悠羽もいたからお礼も二倍で、それはもうとんでもない量だ。

「ほとんど送ってこれだもんな……」

「がんばろ！」

げんなりする俺の横で、悠羽が拳《こぶし》を握る。こいつはどうやら、行きの地獄を忘れたらしい。

思い出させるのも酷《こく》なので、敢《あ》えて口には出さないが。

「それじゃ、そろそろ時間だから行くよ。文月さん、お世話になりました。加苅も元気でな」

「ロクくんがまともな挨拶《あいさつ》してる！　すごい、これは世紀の大事件だよ！」

「うるっせえな！　俺だって真面目《まじめ》に話すときもあるってか、基本俺は真面目だ！」

「うっそだー！　いっつも人を小馬鹿《こばか》にしてへらへらしてるくせに！」

「いっつも馬鹿真面目に他人に迷惑かけてるやつに言われたくねえなぁ！」

「ぐぐぐっ」

「ぎぎぎっ」

歯を食いしばって睨《にら》み合う。来年までの怒りを前借りして思いっきり怒りをぶつけ合い、どちらともなく脱力する。

「じゃあ、またね。ロクくん」

「おう。気が向いたらまた来る」

一歩下がると代わりに悠羽が前に出て、両手を横に広げた加苅の胸に飛び込む。

「美涼《みすず》さ〜ん！」

「悠羽っち〜！」

二人はひしと抱き合うと、別れの寂《さび》しさを噛《か》みしめるようにべたべたと……俺はいったいなにを見せられてるんだ。

苦笑いして文月さんを見ると、穏《おだ》やかな笑みを返された。

「またおいでね。悠羽っちはあたしの大恩人なんだから、いつでも大歓迎だよ」

「もう、やめてくださいよ。そんなつもりじゃないんですから」

「いい子すぎる……ロクくん、悠羽っちもらっていい？」

「馬鹿が」

「ちぇっ」

加苅は悠羽を解放すると、文月さんの隣に戻った。

俺たちも荷物を持って、手を振る二人に向けて別れの挨拶を口にする。

「「いってきます」」

◇

「ねえ、次のバスまだ？」

「二時間後だな。田舎《いなか》では常識だ」

「もうやだ……早く帰りたい」

「やっぱ車がないときついか」

「買う？」

「ま、そのうちな。とりあえず俺は試験と……あとは悠羽のスマホを新しい契約にしないと」

「ろ、六郎とファミリープラン!?」

「なににやけてるんだよ」

「に、ににゃけてないし！」

「噛み噛みじゃねえか」

「きゃみきゃみじゃないし！」

「狙《ねら》ってやってんのかと思うくらい噛むじゃん」

「うぅ……」

「――スマホ買って、寒くなる前にカーペットも用意したいな。あとは……お前、映画のサブスクとか契約したら嬉《うれ》しいか？」

「サブ？」

「俺じゃねえよ。毎月いくらか払って、定額で見放題のやつ」

「え、いいの!?」

「そんくらいの余裕はできたろ。俺たち、けっこう頑張って働いたからな」

「じゃあさ、一緒に映画観《み》ようよ。部屋を暗くして、毛布被《かぶ》って観るの」

「ホラーかよ」

「ふふふ」

「ま、いいけどさ」

「私ね、文月さんと利一さんから料理のレシピもらったんだ。それで料理作って、食べながらでもいいかもね」

「へえ。利一さんからももらったのか」

「そう。和洋どっちも作れたら、毎日楽しみが増えるでしょ？」

「確かに」

「なにか食べたいものある？　今日帰ったら、さっそく作ってあげる」

「残念な知らせだが、家に着くのは日付が変わってからだ」

「ええっ!?」

「ことごとくバスの時間が噛み合わなくてな」

「もうやだぁ」

「車があればな」

「私、いっぱい働く！」

「お前はまず高校卒業しろ。どうせ秋からは推薦《すいせん》で大学決めるやつもいるんだから、そいつらと遊ぶ時間もちゃんと取れ」

「でも私、働くの嫌いじゃないよ」

「嫌でも遊んどけ。高校でたら『また絶対遊ぼうね』っつって消息不明になるやつが多発するらしいんだから」

「誰情報？」

「圭次《けいじ》が言ってた。俺は元から友達が少ないからわからんが」

「そっか。……うん、わかった。遊べる人がいたら、ちゃんと遊ぶ」

「そうしてくれ」

「六郎《ろくろう》とも遊ぶ」

「ああ」

「ねえ、バスまだ？」

「まだまだだ。ちょっとあっちの自販機で飲み物買うか」

「荷物持ってかなくていいの？」

「どうせ誰もこねーよ。ほら、行くぞ。なに飲む？」

「六郎とおんなじのがいい」

「ちゃんと選べー」

日差しの中を歩いて行って、古ぼけた自販機の前に立つ。硬貨を入れ、ボタンを押す。ゴトリと音がして落ちた缶を取り出し、悠羽に手渡す。

おそろいのサイダーを開ける。

懐《なつ》かしい夏の音と共に、炭酸の甘酸《あまず》っぱい匂《にお》いが弾《はじ》けた。

◇

春を、夏を、その先にある秋と冬に——どうか悠羽が、笑っていられますように。
末永《すえなが》く幸せに暮らしました。なんて結びはできないかもしれないけれど、

「愛してる」

最初から、この想いだけは嘘《うそ》じゃない。

あとがき

夏と言えばおしるこですね。嘘《うそ》です。城野白《しろのしろ》です。

『俺は義妹に嘘をつく』二巻は夏のお話でした。

夏に対して、皆様はどんなイメージをお持ちでしょうか。

夏と言えばサイダー、お祭り、入道雲、田んぼに囲まれた一本道、ひぐらしの夕暮れ。そんな美しい情景を粉砕《ふんさい》するほどの酷暑。夏という季節を楽しむためには、とにかく体力が必要だなと感じます。

ただ、厳しい暑さを考慮した上でも、夏が好きだなと私は思います。

自販機から出てくる缶ジュース。待たずに開けたときに吹き出してくる泡《あわ》が、溢《あふ》れないように口で押さえる。そんなありふれた、くだらない瞬間のためなら、三十度くらいまで気温が上がってもいい。三十五度？　危ないからクーラーのある部屋に引きこもりましょう。八月はステイホームで。

くだらない話をしていたら、そろそろ紙幅《しはば》が尽きてしまいそうです。今回もあとがきは一ページ。あとがき愛好家の方々には、大変申し訳なく感じております。

ここまで読んでいただき、ありがとうございました。では、またどこかで。

城野　白

ダッシュエックス文庫

俺は義妹に嘘をつく2
～血の繋がらない妹を俺が引き取ることにした～

城野 白

2024年6月30日　第1刷発行

★定価はカバーに表示してあります

発行者　瓶子吉久
発行所　株式会社　集英社
〒101–8050　東京都千代田区一ツ橋2–5–10
03(3230)6229(編集)
03(3230)6393(販売／書店専用)　03(3230)6080(読者係)
印刷所　図書印刷株式会社
編集協力　加藤 和

ISBN978-4-08-631557-9 C0193